7月7日の奇跡

喜多嶋 隆

角川文庫
22378

目次

1　ぶっきらぼう

彼女は、少年の姿で僕の前にあらわれた。

午後2時過ぎ。
僕が舵を握る漁船〈明光丸〉は、港の岸壁にゆっくり着岸しようとしていた。
岸壁まで5メートル。僕は、舫いロープを丸めて持った。
ふと見れば、岸壁に一人の少年がいた。
「ちょっと、ロープとってくれるか？」僕は船から声をかけた。少年がうなずいた。
僕は、舫いロープを軽く投げ、少年がそれをつかんだ。そして、慣れた動作でロープを係留柱(ビット)に結びつけた。

　僕は、少し驚いていた。少年のロープさばきが、あまりに手際(てぎわ)よかったからだ。ものの3、4秒で〈もやい結び(ボウライン)〉をやってのけた……。

　僕は、船から岸壁に上がった。

　少年は、高校生だろうか。ぶ厚い綿のパーカーを着ている。細身のジーンズは、かなり色が褪(あ)せ、所どころ破れている。まだ4月なのに、顔はココアのような深い色に陽灼(ひや)けしている。地元の子らしい。

「サンキュー。ロープの扱い、上手(うま)いな」僕は言った。少年はぶっきらぼうに、

「別に……」とだけ小声で答えた。

　僕はあらためて相手を見た。

　髪は短くカットしている。直線的で濃いめの眉(まゆ)。鼻筋が通り、視線に強さがある。背こそあまり高くないが、クラスの女子生徒には人気がありそうな子だった。だが、笑顔の気配も見せず、無表情……。

　僕は、岸壁から船に戻る。かけっぱなしだったディーゼル・エンジンを切った。

　少年は、もうそばにある自転車にまたがっていた。バネを感じさせる身のこなし。赤錆(あかさび)だらけの自転車で走り去っていった。一瞬もふり返らず。

〈なんだ……あいそのないガキだ〉僕は、胸の中でつぶやいた。

「どうだった」と僕の兄、亮一。

「久しぶりにうちの船を走らせて、すっきりしたか」

そう言いながら、車のボンネットを開けた。亮一は漁師だが、無類の車好き。いまも、港に面した自宅の駐車場で、スカGの手入れをはじめたところだった。

「まあ」とだけ僕は言った。あいそのない自分の言葉は、さっき会った子とあまり変わらない。胸の中で少し苦笑い。

「で、ほんとにあのぼろ家で寝るのか？」

スパナを手にして亮一が訊いた。港に面したこの自宅から、山側に歩いて1分のところに、うちが持っている貸し家がある。

「しばらくはあそこで寝るよ」

「そうか……。ずっと共同生活してきたんだから、帰ってきたら一人で寝るのも悪くないか」と亮一。

「ああ……」と僕はつぶやいた。

しかし、その家に入ったとたん、あまりの埃っぽさにむせた。暑い空気もよどんでいる。予想はしていたけれど……。

仕方ない。長いあいだ閉め切りだったのだから。僕は、急いで窓を開け放した。すぐに海の匂いのする風が吹き抜け、ほっと息をついた。

二階の窓も開け放った。隣りの平屋の向こうには、港と水平線が見える。

この家は、大学ヨット部の合宿所として長く貸していた。が、そのヨット部は、あまりに古ぼけた家に嫌気がさし、とうとう引っ越していった。それ以来、誰も住んでいない。

鋭い金属音が聞こえてきた。

午後3時半。二階の部屋で、荷物をほどきはじめたときだった。音は、隣りから聞こえてきていた。

僕は、窓から隣りの家と庭を見下ろした。ひどく古ぼけた平屋の家。その割に広い庭。その片隅に置いてあるドラム缶。それを叩いている人の姿が見えた。

かなりけたたましい音が響いている。

僕は、下におりる。ビーチサンダルを履き家を出た。隣りとの境界は、生垣だが、それはかなり壊れている。生垣が破れたところから、僕は隣りの庭に入る。

ドラム缶に向かっている人影。どうやら古いドラム缶に穴を開けようとしている。なぜか知らないが……。

「ちょっと！」僕は、相手の背中に声をかけた。相手が、ふり向いた。それは、さっき岸壁で会った男の子だった。


その子は、相変わらずのジーンズ姿。片手に何か持っている。

向こうも、僕を見て少し意外そうな表情……。

「うるさいんだけどな」僕は言った。

4月中旬にしては強い陽が、庭に射している。その子の額や首筋は、汗で濡れていた。

「そのドラム缶に穴開けるのか」僕が訊くと、うなずいた。

が、いま持っているのは磯鉄。アワビやサザエを獲るための鋼の道具だ。それでドラム缶に穴を開けるのは、かなり難しいだろう。ただうるさい音がするだけで……。

「電動ドリルは？」

「ない」また、ぶっきらぼうな答えが返ってきた。

「しょうがないな。貸してやるよ。明日になるけど」

僕は言った。さっき岸壁でロープをとってもらった借りがある。

「だから、その磯鉄でドラム缶を叩くのはやめろよ」

相手は無言でこっちを見ていた……。僕は、雑草だらけの庭を戻りはじめ、ふと思い出す。まるで廃屋のようなこの家に、僕が知る限り、人が住んでいた事はないのだが……。


「おう、雄次、帰ってきたか」

と敏夫。カウンターの中から僕を見た。海岸通りを歩いて5分。魚料理の〈潮見亭〉。もう午後6時半になるのに、客はいない。敏夫が一人でカウンターの中にいる。出刃庖丁で何かさばいている。僕は、カウンター席にかける。

「とりあえずビール」と言った。敏夫が、うなずく。出刃を置き〈一番搾り〉とグラスを出す。

「静岡の船員学校は、春休みか?」と敏夫。

「もう4月中頃だ。春休みじゃないよ」と僕。ビールをひと口。

「じゃ、また何かやらかしたのか？」

僕は、何も答えなかった。敏夫は、兄の亮一と高校での同級生。21歳の僕より、3歳上だ。


15分後。

「味はどうだ」敏夫が訊いた。僕は、サバの味噌煮（みそに）を突ついていた箸（はし）を止めた。

「不味（まず）い」とひとこと。

「この野郎」敏夫が苦笑いしながら言った。そして、「変わらないな、お前の口の悪さは」

「正直なだけさ」僕が言い、敏夫は笑い声を上げた。そして、「仕方ないだろう、ピンチヒッターなんだから」

この店をやっていた敏夫の親父は、酔って階段を転げ落ち、右手首を複雑骨折。当分、手は使えないらしい。

「お前が帰ってくると聞いて、タツが嫌な顔をしてたぜ」

敏夫が言った。タツとは達彦のこと。漁協の組合長・熊井の息子だ。

「嫌な顔？」僕は苦笑い。

「ああ、お前に海に放り込まれたのを、いまでも根に持ってるらしい」

「それはそれは……」僕はつぶやく。「タツには、やっていい事と悪い事の区別がつかないんだ。アジとサバの見分けがつかないよりまずい。海に放り込まれるのがお似合いだ」

「確かに……。だが、気をつけろ。お前が帰って来たのを歓迎しないやつもいるからな」

「歓迎されないのには慣れっこだよ。それより、料理の腕を少しは上げたらどうだい？　これで金をとろうって、詐欺だよ」

家に戻るとき、隣りの家をちらりと見た。平屋の一階にはぼんやりと明かりがついている。ふと、あの少年の表情を思い出していた。口数がひどく少なく、人に慣れていない野生の動物を思わせるその表情……。

その夜もよく眠れなかった。寝てはいるが、眠りがひどく浅い。そして、長く続く航跡の夢。大型船の後ろ、どこまでも続く航跡の夢……。1時間おきに寝汗をかいて目が覚めてしまうのだった。気がつくと朝になっていた。1カ月ほど、こんな状況がずっと続いている。


「網を入れろ！」

亮一が舵を握ったまま言った。僕は、われに返る。船べりから網を海に流した。

午前11時。葉山の沖、1海里。僕は、兄の亮一が舵を握る〈明光丸〉に乗っていた。シラス漁をしているところだった。

「あそこだ」と亮一。左舷側300メートルほど先を指した。べたっと凪いだ海面の一部が皺になっている。海の表層にシラスのナブラ……。亮一が舵を切った。群れまで50メートル。亮一が、〈網を入れろ！〉と声を上げたのだ。

ぼんやりしていた僕は、われに返る。丸まっている曳き網を船べりから海に入れた。シラスの群れを網に入れようと船を回した。が、タイミングが少しずれていた。群れの半分ぐらいしか網に入らなかった。

「珍しいな、雄次」と亮一。「さっき、網入れのとき、ぼうっとしてただろう」と言った。獲ったシラスを船から岸壁に上げているときだった。僕は、うなずく。

「よく眠れなくて」と言った。

「いつから眠れないんだ」亮一が、手を動かしながら訊いた。

「このところ、ずっと……」

「あの事以来、ずっとか？」僕はうなずいた。

「そりゃ、なんとかした方がいいな。寝不足でぼんやりしてて落水したりしたら事だ」と亮一。「入眠剤でも飲んだらどうだ」

「入眠剤？」

「ああ、この前、お袋がそれをもらってた」と亮一。うちの母はいま、脳梗塞で倒れた父の介護でかなり大変な状況だ。

「お袋が入眠剤を？」

「うん、逗子にある心療内科で処方してもらって、効いたみたいだぜ。騙されたと思って飲んでみたらどうだ」

と亮一。僕は、無言……。

2日後。午前11時。僕は、逗子にある心療内科の中里クリニックにいた。待合室にいるのは僕だけだ。

〈なんてこった……〉と心の中でつぶやく。かなり憂鬱だった。僕はこれまで、丈夫が取り柄の子供だった。泳ぐ。潜る。船で漁をする。ボードで波に乗る……。風邪ひとつひかないで過ごしてきた。いつもぐっすり眠れていた。

それが、医者の世話になるとは……。

やがて、診察室から患者が出てきた。眼鏡をかけた中年男だった。

そしてナースが診察室から顔を出し、「お待たせしました」と言った。診察室に入ったとたん、僕の足は思わず止まった。

どうせ年寄りの医者、と勝手に決めつけていた。が、そこにいたのは若い女だった……。

2　タンポポが咲くトイレ

「どうぞ」と彼女。微笑して僕に椅子を勧めた。

いわゆる診察室という感じではない。デスクの上には、パソコンと観葉植物の小さな鉢だけ。細いブラインドからは午後の陽射しが入っている。ごく低いボリュームでクラシックが流れている。

聴診器も消毒薬の臭いもない。

デスクにいる彼女は、白衣を着ていない。ベージュのスカート。薄いブルーのカーディガンを着ている。色白で、きれいにメイクしている。ゆるくウェーヴした栗色の髪が肩にかかっていた。

「どうぞ、かけて」と彼女がまた言った。僕は、そっと椅子に座った。彼女は、また

微笑というか、軽く苦笑いしている。そうしながら、

「何か？」と僕に訊いた。

「いや……」

「私が医師らしくない？　初めての患者さんは、みんな、あなたみたいな顔をするわ」

彼女は、苦笑したまま、そう言った。そして、

「つい2カ月前までは、父が診察してたんだけど、ちょっと事情があって、いまは私が診てるの」と落ち着いた声で言った。彼女は、まだ30歳前に見えた。28歳とか29歳……。

「で、どうしたの？」と彼女。

「その、眠れなくて……」と僕。

「おフトンに入っても眠れない？」と彼女。僕は、うなずいた。彼女の前にあるパソコンには、僕の基本的なデータが表示されているだろう。

紺野雄次。21歳。住所は、神奈川県葉山町一色……。職業・学生。

「大学生？」と彼女が訊いた。

「いや、船員学校で……」

「船員？」

「静岡にある船員の養成学校なんだけど、いま少し休んで葉山に戻ってて」と僕。彼女はうなずいた。

「どのくらいの間、不眠状態が続いてるの？」と彼女。僕は、1ヵ月ほどと答えた。彼女は少し考える様子。

「じゃ、とりあえず弱い入眠剤を出すわね。それで、様子を見てくれる？」と言った。

結局、ピンク色の錠剤を1週間分処方された。

「1日1錠、これで3、4日様子を見て。眠れなかったら、また来てくれる？」と彼女。僕は、うなずいた。診察室を出るとき、ふといい香りを感じた。彼女がつけている香水なのか、リンスの香りなのか……。その香りは、僕の体に消え残った。

「こんなところかな？」と亮一。部屋を見回して言った。

午後3時。僕が暮らしはじめたぼろ家の一階だ。亮一も手伝ってくれて、生活用品を運び込んだところだった。テレビ。トースター。卓袱台(ちゃぶだい)。ガスコンロ。食器類などなど……。

「サンキュー」と僕は言った。亮一は部屋を出ていこうとして、ふと足を止めた。

「お前さ、少し気分転換したら？　あんな事があったんだし……」

「気分転換？」

「ああ、最近、衣笠にいい店ができてて……。タイ人の女の子を三、四人置いてて、ちょっと楽しいぜ。今度、飲みに行かないか？」と亮一。

「……考えとくよ」と僕は答えた。


亮一が家を出ていこうとしたとき、何か音が聞こえた。また隣りの家からだ。金槌を使っているような音だった。

「隣りの家、ずっと空き家だったよな」僕は口を開いた。

「ああ、昔は漁師が住んでたって聞いた事があるな。けど、長い間、誰も住んでないはずだが」

「漁師……」僕はつぶやいた。

そう言えば、庭のすみに使い古した漁網が丸まっていたような気がする。あの子がドラム缶に穴を開けようとしてた道具は磯鉄。アワビやサザエを獲るための道具だ。

「あの家がどうかしたのか？」と亮一。

「いや、なんか男の子がいるみたいで……。高校生ぐらいの」

「男の子……誰だろう」亮一は、首をひねりながら言った。

僕は、それで思い出した。あの子に電動ドリルを貸す事になっていた。

港に面した自宅に行く。作業場で電動ドリルを探し出す。それを持って、隣りの家に行った。

あの子が、金槌を使っていた。家の壁に板を打ちつけている。どうやら、壊れている壁の修理をしているらしい。やがて近づいていく僕に気づいた。

「ほら」と僕。電動ドリルを差し出した。その子は、「どうも」とだけ言ってそれを受け取った。〈相変わらず、あいそのないガキだ〉僕はまたつぶやいた。


その夜。心療内科でもらった入眠剤を飲んで寝た。自宅から持ってきたCDラジカセで、ケニー・Gの穏やかな曲をかけた。が、よく眠る事は出来なかった。また長く続く船の航跡の夢……。そして、1時間おきに目が覚めてしまう。

朝の8時。頭がぼんやりしたまま、二階の部屋でフトンを出る。着ていたシャツは、寝汗で湿っている。

　フトンをたたんでいると、電動ドリルを使っている音がした。窓から隣りを見た。あの子が、貸した電動ドリルを使い、ドラム缶に穴を開けているのが見えた。

　僕は身支度をして家を出た。今日も亮一のシラス漁を手伝う事になっている。漁業全般が不振のいま、人気があるシラスは、漁師にとって大事な収入源なのだ。

　僕は、早足で港に向かう。港では、亮一がもう漁の準備をしていた。


「あの……」

　という声が玄関から聞こえた。

　夕方の4時半だ。僕はシラス漁から帰り、シャワーを浴びたばかり。髪を拭きながら、玄関に行く。あの子がいた。手には貸した電動ドリルを持っている。

「これ、どうも」と言い、ドリルを差し出した。〈どうも〉だけか……。僕は、かなり腹を立てていた。が、黙って受け取った。すると、

「あの……」とその子。「モンキーレンチ、ある？」と訊いてきた。

「モンキーがいるのか？　どうした」

「その……トイレの給水パイプが壊れてて……」

しょうがない……。たぶん、うちの作業場にあるはずだ。

「わかった。明日(あした)、貸してやるよ」


翌日。午前11時過ぎ。

今日も、陽射しが強く暑い。大きな太平洋高気圧が関東地方を覆っているのだ。

僕は、自宅の作業場で、モンキーレンチを探し出した。それを持って、あの子の家に行く。

何も言わず、庭に入った。とたん、雑草と土の匂いを感じた。日当たりがいい庭なので、雑草がかなり茂っている。

雑草の中に、タンポポが咲いている。庭の隅には、ほかの花も見える。

庭には、例のドラム缶がある。が、本人の姿はない。

そのとき、家の裏手で何か音が聞こえた。出入り口を開け閉めしたような音……。

僕はゆっくりと歩き、家の角から裏庭をのぞいた。

裏庭は、そこそこの広さがあり、やはり雑草が茂っている。タンポポも咲いている。

その中にしゃがんでいる人影が目に入った。

あの子だった。Tシャツ姿。こちらに背を向け、しゃがみ込んでいる。

茂った雑草とタンポポでその下半身はほとんど見えないが、何をしているかは、わかった。ジーンズや下着を下ろし、用を足しているのだ。

片手にトイレットペーパーらしいのを持っている。地面に放尿しているらしい音が、かすかに聞こえた。

僕は、家の角から首を引っ込めた。ドラム缶のある方に、ゆっくりと歩く。

少し混乱していた。頭の中を整理していく……。

あの子は、トイレが故障していると言っていた。

だから、庭で用を足す。それはそれとして、しゃがんでオシッコをしてるという事は、もしかして女の子……いや、たぶん間違いなく……。

もし男の子だったら、立ち小便すればいいのだから。

1分近くして、あの子が家の角を曲がってきた。僕を見て、その足が止まる。

「ほら、これ」と僕。ジーンズのヒップポケットに差し込んでいたモンキーレンチを出した。あの子は、ただ、

「あ……」と言い、それを受け取った。僕は相手を見た。

「お前、女だったのか」と言った。相手が、手にしたレンチから顔を上げた。

「何……」と小声。

「だって、お前、しゃがんでオシッコしてただろう」

ついい、言ってしまった。電動ドリルを貸しても、レンチを貸してやっても、その子が〈ありがとう〉のひとことも言わない、その事にかなりむかついていたのだ。

その子の目が、大きく見開かれた。口も半開き。顔が紅潮している。

「見たの!?」

震えているその声はかん高く、男の子のものではない……。

「見たくて見たわけじゃないさ」

僕は相手をまっすぐ見た。いまは薄手のTシャツを着ている、その胸のあたりに、かすかな膨らみがある。やはり、女の子だった……。

その子が、持っていたレンチを手から落とす。何か小さく叫んだ。両手で僕の胸もとにつかみかかってきた。

僕は体を開き、つかみかかってきた手を軽く払いのけた。

相手は、勢いあまって、あっけなく地面に転んだ。

といっても、下は雑草だらけの地面。たいした怪我はしないだろう。

その子は、上半身を起こした。僕を睨みつけた。その頬に土と雑草がへばりついている。僕は、地面に落ちているレンチを見た。

「とにかく、そいつでトイレの配管を直すんだな」

しかし、その子は、地面に両手をついたまま僕を睨みつけている。強情なやつだ……。

「勝手にしろ。いつまでも庭で野グソや小便してるんだな。尻が蚊に刺されてぶちぶちになるかもしれないが……」僕は言った。

その子の顔は、ひどく紅潮し、唇を噛みしめている。泣き出しそうだった……。

だが、同情は禁物。僕は回れ右。庭を出て行く。

3　希死願望はなかったはず

「あの入眠剤は効果なしか……」

医師の彼女は、そうつぶやいた。午後1時過ぎ。逗子にある診療内科の中里クリニック。彼女の名前が、中里雅子(まさこ)だとは壁にかかっている医師免許証で分かった。

「まるでダメだった?」

訊(き)かれた僕は、うなずく。

「そう……」と彼女。しばらく考えている。「その不眠状態になるには、何かはっきりした原因があったの?」

また、僕はうなずいた。

「もしよかったら、聞かせてくれる?」彼女は言った。診察室は、今日も静かで、い

い香りが漂っていた。もちろん患者をリラックスさせるためだろう。僕は、1、2分黙っていた。やがて、

「仲間が自殺した……」と言った。

パソコンのキーに触れようとしていた彼女の指が一瞬止まった。だが、その横顔は静かだった。心が揺れている様子はない。僕を見て、

「それは、男友達？」と訊いた。僕はうなずいた。

「船員学校での仲間だった。同じ年で……」

「名前は？」

「……マサル」と僕。〈勝〉と書いてマサルと読む。

「その彼が自殺したのはいつ？」

「1カ月ぐらい前」

僕が言い、今度は彼女がうなずく。何かパソコンに打ち込んでいく。やがて、キーから顔を上げて、僕を見た。

「親しい友達の自殺は、すごいショックだと思う。とても強いストレスを与えるわ……。でも、その事を医師の私がやたら冷静にとらえてるとは思わないで」

と彼女。静かな声で言った。

「私たち、精神科の医師は自殺に遭遇する事が多いわ。ときには、自分の患者が自殺未遂を起こしたり、最悪の場合は自殺してしまう事もある……」と彼女。「そんな場合でも、その事態に落ち着いて向かい合う必要があるの。そうしないと、例えば自殺未遂を起こした患者を救えない……。わかってくれる？」

僕は、うなずいた。

「で、亡くなったお友達は、もともと精神的に不安定な所があったとか？　あるいは、希死願望、つまり死にたがっている兆候があったとか？」僕は、首を横に振った。

「なかったと思う。ごく普通だった」

「それが、突然に自殺？」

僕はうなずいた。

「で……その彼の自殺に、あなたが何か関係していた？」と彼女。僕は、

「まあ……」とつぶやいた。彼女は、しばらく考えている。

「じゃ、前回より少し強い入眠剤を出すわ。これで、また2、3日様子を見て」

と言った。今日の彼女は、あえてそれ以上は訊かないという様子だった。

〈元気を出して〉などと言わないのも、精神科の医師としての方法なのだろう。

だが、弓形に整った眉（まゆ）の下、ほんの少し茶色がかった大きな瞳（ひとみ）が、優しく僕に微笑んでいた。

鳥の影が、砂浜をよぎっていく。

見上げると、3、4羽のカモメが頭上を旋回していた。

僕は、森戸（もりと）海岸を歩いていた。砂浜には、午後の陽射しがあふれていた。

600メートル沖にある菜島（なじま）の近くに、ディンギーつまり小型ヨットの白い帆（セイル）がいくつも動いている。大学のヨット部が春の合宿をして、海上で練習している。

僕は、ゆっくりと歩いていた。さっきの、医師の中里雅子とかわした会話を思い起こして……。

〈その彼の自殺に、あなたが何か関係していた？〉

僕は、あの日の事を心の中で反芻（はんすう）する……。

何気なく言った言葉。それが、彼の心を刺したのだろうか……。彼を自殺に追い込んだ原因の一つになったのだろうか……。

そんな事を考えながら、ゆっくりと歩いていた。

女子高生らしい七、八人が並んで砂浜をランニングしている。部活なのか、揃いのジャージを着ている。

彼女達とすれ違うとき、ふと、あの子の事が頭のすみをよぎった。

隣りの家にいる女の子だ。

昨日の午後。裏庭でオシッコしてた事を指摘してしまった。すると、顔を紅潮させ、僕につかみかかってきた。その様子を思い出す……。

あの子にとっては、二つのショックがあったかもしれない。

理由は知らないけれど、彼女は男の子のようにふるまっている。が、実は女の子だと僕が指摘してしまった。

それが、第一のショック。

しかも、どうやらあの子は誤解している。偶然とはいえ、ジーンズなどを下ろし、しゃがんで用を足している姿を僕がすべて見たと……。

実のところ、雑草の中にしゃがんでいた彼女の下半身はほとんど見ていない。

が、彼女がジーンズをおろすところから、すべて見られたと思っていたら、とんでもなく恥ずかしい事だろう……。

唇を噛みしめ、いまにも泣き出しそうだったあの子の表情……。それを思い出す。

〈ちょっと可哀想だったかな〉と胸の中でつぶやいた。

〈野グソや小便してろ〉や〈尻を蚊に刺されても……〉は、少し言い過ぎたかもしれない。

誰かに指摘されるまでもなく、僕はいつも言葉が過ぎるのだ。自殺したマサルのときも……。大きく海風を胸に吸い込む。あの子の家に向かう。


庭に入ると、日向と草の匂いがした。が、あの子の姿は見えない。

僕は、家に近づいていく……。

縁側があり、その奥のガラス戸は開いている。板の間に、あの子がいた。

こういう海のそばの民家には、よく板の間がある。湿りけを含んだ南からの海風が常に吹いているので、畳敷きだとすぐに傷んでしまうのだ。

そんな板の間に、彼女はいた。

がらんとして、家具らしいものがほとんどない板の間。彼女は、今日もジーンズ姿。板の間に座って、何か手を動かしていた。

ほんの一瞬、顔を上げ僕を見た。少し顔を赤くし、また手元に視線を戻した。

軒下には、ウエットスーツが干してあった。女性サーファーが身につけるようなカラフルで洒落たものではない。ひどく地味な黒のウエットスーツだ。

「……トイレ、直ったか？」

僕は、声をかけた。彼女は、手を止め、小さく首を横に振った。トイレ修理は上手くいかなかったらしい。横顔がしょんぼりしている。

「よかったら、やってやるよ」と僕。「上がっていいか？」と訊いた。

彼女は無言。という事は、オーケイらしい。僕は、スニーカーを脱ぐ。縁側に上がる。そして板の間に……。

「トイレは奥か？」

彼女は、軽くうなずいた。

僕は廊下を奥に入っていく。外から見たより、さらに古ぼけた家だ。廊下を歩くと、ぎしぎしと音がする。いまにも床板が抜けそうだ。僕は慎重に歩く。

トイレはすぐにわかった。扉の前に、僕が貸したモンキーレンチがぽつんと置いてある。僕は、そのレンチを手にとり、トイレの扉を開けた。この古ぼけた家らしい和式トイレだった……。


パイプの修理には慣れている。

船の中は、パイプだらけなのだ。冷却系統、排気系統、排水系統などなど……。船のトラブルの多くがパイプがらみだ。漁師の息子だから、そんな修理は日常的にやってきた。こんなトイレなど、たやすいものだ。

10分ほどで修理は終わり、水が流れるようになった。僕は、トイレを出て彼女のいる板の間に戻った。

「直った」と言う。少し間があき、彼女が顔を上げた。

「……ありがとう」と小さな声で言った。初めて聞く〈ありがとう〉だった。しかも、ぶすっとした声ではなく、仔猫が鳴くようなか細い声だった。

僕は、あらためて彼女を見た。16歳か17歳……。視線を下に向け手を動かしている。鼻筋の通ったボーイッシュな顔立ちだが、そのまつ毛が濃く長く、カールしている。

いま彼女が手にしているのは、磯鉄だった。

30センチぐらいの鋼の棒だ。片側は平たい。それで、岩にへばりついているアワビなどをはがす。逆側は鉤のような形。その鉤でサザエなどを引っかけて獲るのだ。

彼女は、それをヤスリで研いでいた。

「ほかに、直すとこないのか？」

僕は、モンキーレンチを手にして訊いた。手際よくトイレの修理ができたので、少

し機嫌がよかった。彼女は、しばらく無言でいた。やがて、

「……頼みがあるの」と、相変わらずの小声で言った。

「頼み？」

彼女の横顔が、かすかにうなずいた。

「わたしが女だって、出来るだけ知られたくない。だから……」と、つぶやくように言った。

「だから、まわりに言いふらすな？」と僕。彼女が、またうなずいた。5秒ほど考え、

「……わかった」

僕は答えた。理由はとにかく、いまはその頼みをきいてやってもいいだろう……。

彼女は、視線を伏せたまま、ゆっくりと磯鉄を研いでいる。庭では、野薊(のあざみ)らしい紅(あか)い花が、海風に揺れている。


シャッター音が聞こえた。デジタルカメラの軽いシャッター音が、風にのって聞こえてきた。

港の岸壁。亮一とのシラス漁を終えたところだった。僕は岸壁に佇(たたず)み、海を眺めて

いた。あの娘の事を考えていた。

〈女だと知られたくない〉それは、なぜなのか……そして、あの古ぼけた家でひとり暮らしているわけは……。それを、考えていた。

そんなとき、近くからシャッター音が聞こえてきたのだ。

見れば、ロケをやっている。雑誌か何かの撮影を、防波堤でやっていた。

スタッフが数人。そして、モデルらしい若い女性。モデルは、夏向きのカジュアルなファッションで、笑顔を作っている。

このあたりでは、よく撮影をやっている。背景にヨットの走る海があり、東京から近いせいだろう。しょっちゅう、ドラマや雑誌のロケ隊が来ている。

僕は、見るともなしにそれを眺めていた。そのときだった。

「あの……」

という声がした。僕は、振り向く。中年の女性がいた。黒っぽい服を着て、髪は後ろで束ねている。セルフレームの眼鏡をかけている。

「突然ごめんなさい。あなた、このあたりの人？」

僕はうなずいた。その人がこっちを見ているのは、2、3分前から気づいていた。

「私、こういう仕事をしてるんだけど」

相手が、名刺を差し出した。受け取る。麻布にあるモデル事務所。そのチーフ・マネージャーとなっていた。

「ほんと、突然声をかけてごめんなさい。あなた、いまお仕事は？」と相手。

「……いちおう学生で……」と僕。相手は、うなずいた。

「そう……。もし、こういう仕事に興味があったら、連絡をくれないかな」

「仕事って？」

「モデルさん、もしくはタレントさん」相手が言った。僕は、なんとなくうなずいた。

「あなた、ちなみに身長は何センチ？」

僕は、179センチと答えた。相手が、礼儀正しかったからだ。

そろそろ、ここでの撮影が終わりそうだった。

「じゃ、ほんと、興味があったら連絡ちょうだいね」相手は言った。撮影スタッフたちが、片づけをはじめた。声をかけてきた女性マネージャーは、モデルの方に小走り。

「なかなか可愛いモデルだったたな」と亮一。舫ってある船から上がってきた。僕が手にしてる名刺を見た。

「スカウトされたか。これで3回目だな」と亮一。確かにそうだ。けれど、

「どうでもいいよ。つくり笑いなんて出来ないし……」

僕はつぶやいた。名刺を紙飛行機の形に折る。手首のスナップをきかせた。名刺は海風にのりフワリと飛んでいく。


まずいな……。

僕は、胸の中でつぶやいた。

午後2時過ぎ。葉山沖。急に風が強くなってきた。漁師たちが〈ナライ〉と呼ぶ北東風が強くなってきた。

気圧配置が急転したらしい。海面にさざ波が立ちはじめ、すぐに白波に変わった。

練習していた大学のヨットたちも、あわてて陸の方に戻っていく。

僕は、船外機のついた小船で、沖に仕掛けた刺し網を点検しにいくところだった。が、船をUターンさせ港に向けた。波はどんどん大きくなっていく。

4　ただのノブ

船首(バウ)から波飛沫(なみしぶき)が上がり、僕の顔を叩(たた)いた。

が、あわててはいなかった。春先のこの時期、海が急にシケる事は、そう珍しくない。僕は、船外機の回転数を上げ下げし、波をかわしていく。

ゆっくりと港に向かう……。

それに気づいたのは、森戸と菜島の間に来たときだった。

森戸から海に向かいポツポツと点在している磯。地元では、〈森戸(もりと)ノ鼻(はな)〉と呼ばれている。

その一カ所で、何かが光った。

船の速度を少し落とす。目をこらした。光ったのは、ガラスかプラスチックのようだった。

さらに目をこらす。どうやら、潜るための水中マスク……。誰かが、磯の上にいる。

僕は、船の針路を45度ほど変えた。磯に近づいていく……。

磯まで約30メートル。人影が、はっきりとわかった。黒いウエットスーツを身につけた人の姿。それは、あの子、隣りの家に住んでいる彼女だった。彼女は、姿勢を低くして磯の上にいた。と言うより、低く小さな磯にしがみついている……。

僕は、船を15メートルまで近づけた。

もう、はっきりと顔が見える。彼女は、こわばった顔で磯にしがみついていた。

アワビかサザエを獲りにきてシケに遭ったらしい。この荒れた海を泳いで帰るのは、もう不可能だろう。

僕はさらに10メートルまで近づいた。彼女は、水中マスクを額に上げ、ごく小さな磯にしがみついていた。

彼女は、こちらの船を確認しているようだ。が、危険な状況だった。

いまは上げ潮、これから潮が満ちてくる。彼女がしがみついている低い磯は、あとしばらくで海に沈むだろう。そのままシケた海に投げ出されたら、ひたすら沖に流されてまず助からない……。本職の漁師でも、そうして命を落とす者は少なくない。

彼女は、次つぎと襲いかかる波にいまにものみ込まれそうだ。

僕は、船にある舫いロープを手にとった。

そのまま投げてもダメだ。僕は、ロープの先で輪を作った。人の体が入るぐらいの輪を、素早く作った。

片手にロープを持ち、片手で操船する。

船を磯に近づけていく。7メートル、6メートル、5メートル……。

あと3メートル！　僕は、ロープを片手で投げた！

彼女が、ロープの先の輪をつかんだ。その輪に、上半身を入れた。どうやら、こういう場合の救助方法(レスキュー)を知っている。それを確認した次の瞬間、僕は船のギアを後進に入れた。

バック！

彼女の体が磯をはなれ海に！　が、その体には、ロープの輪がしっかりと回っている。

船が、磯から20メートルぐらい離れた。

僕は、ロープをたぐりはじめた。海面の彼女が、船に近づいてくる。浮いている人間を引き寄せるのに、それほどの力はいらない。

やがて、彼女は船べりまで来た。自分の両手で、船べりをつかんだ。

舷の低い小船である事が幸いした。

僕は、身をのり出す。彼女がつけているウエイトベルトに手をかけた。

素潜りをするために、鉛のウエイトがついたベルトを彼女は身につけていた。僕はそのベルトをつかみ、船に引き上げようとした。

しかし、何かが重い。

みれば、彼女のウエストには、細いロープが結びつけてあり、その先に、ネットがある。獲ったアワビやサザエが入ったネットだ。

かなりの量が、入っている。バレーボールぐらいの大きさがあり、重い。それが邪魔になって、彼女の体を船に上げる事が出来ない。

僕は、そばにあった小型のナイフをつかんだ。ネットにつながっている細いロープを切ろうとした。とたん、

「ダメ！」と彼女が叫んだ。が、
「バカ！　アワビと命のどっちが大事なんだ！」
僕は叫んだ。ためらわず、ナイフでそのロープを切った。獲物は海に沈んでいった
が、彼女の体は軽くなった。
20秒ほどかけて、彼女を船に引き上げた。彼女は、船底に両手を突き、飲んだ海水
を吐いている。僕は、船首を港に向けた。

港に入り、なんとか岸壁に着岸した。
彼女が海水を吐くのはおさまっていた。そのかわり、体が細かく震えている。歯が
ガチガチと鳴っている。
海水の温度変化は、気温の変化より1カ月ほど遅れる。4月のいま、海水温は3月
のものだ。そんな海で、かなりの時間潜っていたらしい。そして、磯にしがみついて
波をかぶっていた。体が震えて当たり前だろう。
僕らは、船から岸壁に上がる。
「歩けるか？」訊くと小さくうなずいた。けれど、その体が、かなりふらついている。

僕は彼女の体をささえる。人けのない港から、自分たちの家に向かう。

「家で風呂か熱いシャワーは使えるのか？」

僕は訊いた。彼女は首を横に振った。

「いま、湯沸かし器が壊れてる……」

と消え入りそうな小声で言った。やれやれ……。仕方なく、彼女を僕の家に連れて行く。この家は、大学ヨット部が使っていた。寒い季節も合宿と海上練習をするので、熱いシャワーがいつでも出るようになっている。

彼女を風呂場の脱衣所に連れていく。ウエットスーツを身につけたその体は、ガタガタと震えている。

「とにかく熱いシャワーを浴びろ。服はとってきてやるから」

僕は言った。彼女を残して脱衣所を出た。

彼女の家の裏口。鍵はかかっていない。中に入る。

それほど広い家ではない。彼女が主に使っているらしい部屋は、すぐにわかった。6畳ぐらいの部屋。ベージュのカーテンがかかっている。隅に古びた箪笥がある。

箪笥の引き出しを開けてみる。

下着のショーツが、何枚か入っていた。僕はそれを見て、ちょっと驚いた。そのショーツは、女物に見えなかったからだ。

僕にも、多少の恋愛経験はある。女物の色っぽいショーツも何回か目にしてきた。が、彼女の箪笥に入っているショーツは、それとはまるで違っていた。

セミビキニ。色は、紺とグレー。なんの飾りもない。

どう見ても男物のシンプルなショーツのようだった。断言は出来ないが……。

ブラジャーやほかの服は、すぐに見当たらない。

しょうがない。僕は、ショーツの一枚を、手にとる。彼女の家を出た。


「服、ここに置くぜ」

僕は、脱衣所で少し大きな声を出した。曇りガラスの向こうは風呂場。そこでは、彼女が温水シャワーを浴びている音が聞こえていた。

脱衣所には、脱いだウエットスーツと、その下に身につけていたらしい競泳用の水着があった。僕は、そのわきに、乾いた服を置く。彼女のショーツ。僕のネルシャツ。そして、バスタオルだ。

「これで体の中から温めろ」

僕は、マグカップを卓袱台に置いた。ウイスキーをたらした熱い紅茶だ。

彼女が、風呂場から出てきて10分。

僕もさっと熱いシャワーを浴びたところだった。寒さと緊張でこわばった体をほぐしたくて、ウイスキーのお湯割りを飲みはじめていた。気分もほぐしたいので、ＣＤを低いボリュームでかけた。

彼女は、僕が卓袱台に置いたマグカップを両手で持つ。それに口をつけた。

いま、僕が貸したネルシャツを着ている。

チェック柄のネルシャツは、男物のＬＬサイズ。身長が１６０センチちょいに見える彼女が着るとブカブカ。まるで、ワンピースを着てるようだった。

それはそれでいいだろう。

マグカップの紅茶を半分ぐらい飲むと、彼女の頰に赤みがさしてきた。僕も、ウイスキーのお湯割りをゆっくり飲む。体のこわばりがほぐれていく……。

「名前は？」ふと、訊いた。

「……ノブ」彼女が、ぽつりと言った。

「それ、信子(のぶこ)を省略したとか？」僕が言うと首を横に振った。

「ただのノブ」と彼女が言った。


訊きたい事はたくさんあった。

なぜ、男の子のようにふるまっている……。なぜ、あんな古ぼけた家で一人暮らしをしている……。高校は行ってないのか……。あれほど無理してアワビやサザエを獲(と)るわけは……。

そんな事を考えていると、

「……助けてもらわなかったら、ダメだったかもしれない……」ノブがぽつりと言った。

「おれがあそこを通ったのは、運が良かった」

それは本当だ。あのシケた海上で、たまたまノブを見つけたのも、かなりの偶然だった。

「それにしても、ずいぶんアワビやサザエを獲ってたな」

僕は言った。何時間かけたのかは知らないが、あれほどの量を獲るとは、素人(しろうと)ではない。僕がその事を言うと、ノブはしばらく宙を見て何か考えている。

やがて、マグカップを両手で持ったまま、

「８０００円……」と、泣き出しそうな声で言った。

5　8000円

「8000円?」

と僕は訊き返した。ノブは、小さくうなずいた。

「海に沈んでいっちゃった……」

また、悲しそうにノブがつぶやいた。それで、わかった。ノブを船に引き上げようとしたとき、腰に細いロープでくくりつけていたネットが邪魔だった。アワビやサザエが入ったネットが邪魔で、彼女を引き上げられない。そこで、ロープを切ってネットを海中に落とした。

あそこに入っていたアワビとサザエを売れば8000円になるという事らしい。

「しかし、さっきは、ああするしかなかった」僕は言った。ノブはまた、かすかにうなずいた。

「獲ったアワビやサザエは、どこに売ってるんだ?」ふと、僕が訊いた。

「……魚佐治」とノブ。

「あのくそ爺いのところか」僕は思わず言った。

魚佐治は、町内にある鮮魚店。富三という爺さんがやっている。富三は、とにかくケチでずるいやつだ。魚介の仕入れ値をねぎり倒し、養殖物の魚を天然と偽ったりして、別荘族を相手に商売している。そんな爺いなので、地元の漁師は誰も相手にしていない。

そう考えると……。

さっき、ノブがネットに入れていたアワビなどはかなりの量があった。あれで8000円は、安すぎるような気がする。潜れる漁師が減ったので、貝類にはいい値がつくのだ。僕は、その事をノブに言った。彼女は素直にうなずいている。

「そのうち、もう少しましな買い取り先を見つけてやるよ」

僕は言った。そして、ふと思った。この子は、漁業権を持ってるのだろうか……。

もし持っていないとしたら、当然、密漁になる。へたをすると警察沙汰になるのだ。

けれど、とりあえず、それは突っつかない事にした。

いまは、ノブが疲れ切っている様子だったからだ。

濃いまつ毛をふせ、紅茶の入ったマグカップを両手で持って、そっと口をつけている。その指は、ほっそりとしていた。男の子ぶっていても、その手はやはり女の子のものだった……。僕は、なんとなくその指を見ていた。部屋には、ケニー・Gの曲が低く流れていた。


やがて、ノブは居眠りをはじめた。

疲れ。安堵。そして、ウイスキーをたらした紅茶で温まり、眠くなったのだろう。立てた両膝に額をつけ、居眠りをはじめたようだ。

僕は、ふと気づいた。ノブが脱いだウエットスーツと水着が、脱衣所にあった。急いでシャワーを浴びたので、脱ぎっぱなしになっていた。あれを、真水で洗っておかなければ……。

僕は、脱衣所に入った。ウエットスーツと水着が、すみにあった。

まず洗面器にぬるま湯を入れた。そこに水着をつけようとした。SPEEDの競泳用水着を洗面器の湯につけようとした。

そのとき、ふと匂いを感じた。水着から漂ってくるそれは、磯の匂いだった。潮と海藻の入り混じった悪くない香りだった。なるほど、磯で潜っていたからか……。僕は、その水着を手にして一瞬見ていた。

そのときだった。

「やだ！」

という声。振り向く。脱衣所の入り口にノブが立っていた。彼女は、ふらつきながら、早足で近づいてくる。

僕の手から水着をひったくる。床からウエットスーツもつかむ。脱衣所から走り出て行った。すぐに玄関を出ていく音も聞こえた。

僕は、思わず苦笑い。彼女が脱いだ水着を手にじっと眺めていた変態野郎と誤解されたらしい。

まあ、誤解されたものは仕方ない……。

「中古だけど、充分に使える」と亮一が言った。

翌日の昼過ぎ。まだ波が高いのでシラス漁は休みだ。亮一が、一台のデッキを持ってきた。それは録画もできるBSチューナーだった。

「これでお前も張れるな」

亮一が言った。〈張れる〉というのは、サッカーの賭けに金を張れるという意味だ。

亮一と〈潮見亭〉の敏夫が中心になり、仲間うちでやっているサッカー賭博。その仲間は、みな同じ高校サッカー部のOBたちだ。

亮一も敏夫も、県立高校でサッカー部員だった。特に亮一は、かなりいい選手だった。

もちろん、それはアマチュア・レベルの話で、たとえばJリーグから誘われるような選手ではなかったが……。

亮一が高校を卒業し、同じ高校に僕が入学。その頃、すでに身体が177センチあった僕は、入学するとすぐサッカー部に誘われた。センター・フォワードをやる事になった。

結局、高校時代はサッカー部で過ごした。

「いま何人で賭けてるんだ」僕は訊いた。

「三〇人ぐらいかな」と亮一。

亮一たちのサッカー賭博は、日本のJリーグと、スペイン・サッカーのいわゆる

〈ラ・リーガ〉を賭けの対象にしている。〈ラ・リーガ〉では日本でも人気の〈バルセロナ〉や〈レアル・マドリード〉が戦っている。

といっても、たいした金が動く賭博ではない。小遣い銭程度なのだが……。

とにかく、BS放送が入ればJリーグも〈ラ・リーガ〉も観られて、金を賭ける事はできるのだ……。

「まあ、気晴らしに少し賭けてみろよ」と亮一。僕の肩を叩いた。確かに、少額でも金を賭けてサッカーを観るのも悪くない。僕は、うなずいた。

「ああ、そういえば隣りの家」と亮一。「やっぱり、あそこには漁師が住んでたらしい」

「漁師？」

亮一はうなずいた。

「石渡っていう漁師の夫婦が住んでたらしいな。克さんに聞いた話だけど」

克さんは、近くの鐙摺漁港でずっと漁師をやってきた。70歳をこえた今は、もう海に出ていない。いまは僕らが獲ったシラスを釜あげにする仕事を手伝ってくれている。

「石渡……」

僕は、つぶやいた。石渡は、このあたりでは多い苗字だ。

「その石渡っていう漁師の夫婦は？」

「それが、海の事故で死んだそうだ」

「死んだ……」

「ああ、夫婦で海に出てて事故に遭ったらしい」

「二人とも？」

亮一は、うなずいた。

「で、その夫婦には子供がいた。まだ一歳にもならない赤ん坊がいたらしい」

「一歳にもならない……」

「ああ……。近所に住んでた知り合いの婆さんにその赤ん坊を預けて、夫婦して漁に出てて、事故に遭ったとか……」

「で、その赤ん坊は？」

「母親の妹が、伊豆だかどこだかに嫁いでいて、赤ん坊を引き取っていったって話だ。克さんも、それ以上は知らないみたいだ」

「それ……いつ頃の事なのかな？」

「20年はたってないと克さんは言ってたな……。おれも、なんとなく覚えがあるよ、海の事故で近所の漁師が死んだと聞いた……。まだ小学生になったばかりだったかな……」

　僕は、またうなずいた。

「で、隣りの家、高校生ぐらいの男の子が住んでるって言ってたな」と亮一。

「ああ……」と僕。あれが女の子だった事は、とりあえず伏せておく。ノブとの約束もある。

「もしかしたら、その子、死んだ夫婦の子供って可能性があるな」と亮一。

「かもしれない……」僕は、つぶやいた。

　仮にいまの話が本当だとすると、一つわかる事がある。

　漁師が持っている漁業権というのは、基本的に世襲。親から子に受け継がれる。

　ノブが、その石渡という漁師の子だったら、漁業権を持っている事になる。それなら問題なくアワビやサザエを獲る事ができるのだ。もし、そうだとしたらだが……。

　座っていた亮一が、立ち上がった。

「とにかく、今週のJリーグあたりから賭けてみろよ。とりあえず、1000円でも2000円でも」

　と、また僕の肩を叩いた。

「やっぱり、ダメか……」

と医師の雅子が、つぶやいた。

午後4時半。逗子の中里クリニックだ。やはり、入眠剤が効かない。ちゃんと眠れない。それで僕は相談にきていた。前回処方された入眠剤を飲んでも、ほぼ1時間おきに目が覚めてしまうのだった。

「そうなると、いま出してる入眠剤以外の薬も、使ってみる必要があるかもしれないわね……」

彼女が、つぶやいた。

「もしよかったら、お友達が自殺したときの事を、もう少し話してくれない?」

と彼女。僕は、しばらく無言でいた。

「大丈夫。私たちには、職業上の守秘義務があるから、聞いた事は絶対に漏らさないわ」

彼女が言った。そのときだった。ついたての向こうからナースが顔を出した。

「そろそろ失礼します」と言った。もう、午後5時だった。「お疲れ様」彼女がナースに言った。

「少しリラックスしないと、話しづらいか……」と彼女。「どこかでお茶でもしない？」と言った。

6　人の心は壊れもの

「私はワインにするわ」

と彼女。白ワインをグラスで頼んだ。僕はビールにした。国産ビールではなくハイネケン。彼女の手前、少し見栄をはったのだ。

逗子の街はずれにあるいわゆるカフェ。夕方なので、客は僕らしかいない。

彼女は、細いストライプのブラウスに青いVネックのセーターを着ていた。さらりとした栗色の髪は、相変わらず。

飲み物がきて、僕らは口をつけた。ワインをひと口飲んで、彼女はふっと息を吐いた。

「お疲れさまの一杯？」

僕が訊くと、彼女は苦笑いしてうなずいた。

「今日は難しい患者さんが多かったから」と言い、白い歯を見せた。僕は、ビールでノドを湿らす。

「こうして患者と飲むのは、よくあること?」と、つい訊いていた。

「初めてよ」彼女は微笑しながら、さらりと言ってのけた。グラスに口をつけた。

「私は29歳で、医師としてはまだ初心者。だから、いろいろやってみたいの。すべてが経験になるし……」


「で、あなたのお友達の事だけど……」

と彼女。僕は、ゆっくりとうなずいた。

「訓練航海中の出来事だった……」

静岡の母港から佐世保までの訓練航海。約五〇人の訓練生が乗っていた。その最中の出来事だった。

彼、マサルとは船員学校の寮でも四人部屋で同室。ずっと仲が良かった。

「その日の訓練も、マサルと同じチームでやってた」

それは、紀伊半島の沖だった。

船の現在地を確認。風向、潮流などを計算し、船の速度と針路を決める。そんな作業を、三人1チームでやっていた。その訓練中、マサルがかなり大きなミスをした。それは、チームとしてのミスという事になる。

「そのマサル君は、ミスが多い人だった？」

と彼女。しばらく考え、僕はうなずいた。

「性格はすごくいいやつだったけど、訓練生としてのスキルは、いまいちだったかな……」と僕。そして、マサルはその日も潮流の計算ミスをして、僕らのチームは教官から叱責（しっせき）をうけた。

「だから、その日の訓練が終わったあと、マサルに言った」

「なんて？」

「……もうちょっとしっかり出来ないのか、そんな事だったと思う」

マサルを親友のように思っていたから、あえて口にしたのだろう。細かい言葉は、よく覚えていない。あとあと教官達にも訊かれたけれど……。

翌日の明け方、4時。ふと目を覚ますと、マサルの姿がない。四人部屋のベッドに彼の姿がなかった。

「いやな予感がして、部屋を出た」

僕は、船内を探しはじめた。休憩室や食堂に人の姿はなかった。みな訓練に疲れて寝静まっている時間だった。船内を探し回った僕は、自分たちの部屋に戻った。

「そこで、マサルの遺書を見つけたんだ」

遺書は、マサルのベッドにあった。枕元に、そっと置かれていた。

「文面は？」と彼女。僕は、ため息をつく。

「……簡単に言うと、〈自分みたいな人間はいても仕方ない〉という文面だった」

しかも遺書は、僕宛になっていた……。

「〈先にいくよ、ごめん〉それが、最後の言葉だった」僕は言った。それを読んだときの体の震えを思い出していた。

「そして？」

「急いで教官を叩き起こした」

僕らは、船のデッキに出た。もし自殺するとしたら、海に飛び込むだろう……。

「案の定、デッキの端にマサルのスニーカーが揃えて置かれていた」

あの瞬間は、忘れようとしても忘れられない。

空は夜明けの色に染まりはじめていた。その明るさが、広大な海に反射している。

そして、船の後ろ。まっすぐに続く航跡……。僕は、唇をきつく結び、どこまでも続く航跡を見つめていた。

「そのときの光景が、毎晩、夢に出てくるんだ」僕は言った。彼女は、静かな表情で小さくうなずいた。


店内には、小野リサの曲が低く流れていた。僕らは、二杯目を飲みはじめていた。

「そして、彼は？」と彼女。

「船は夜の間も時速17ノットで走っていた。マサルがいつ海に飛び込んだのか、全くわからない」

就寝時間から僕が遺書を見つけるまで、約6時間。その間に、船は紀伊半島の沖から四国の沖に向け、190キロほど走った事になる。

「船はすぐにUターンしたし、海上保安庁も出動してくれた。けど……」

マサルを見つけるのが不可能に近い事は、誰が見ても明らかだった。

「結局、彼は見つからなかった……」と彼女。僕はうなずく。「わかるのは、やつが死んだ事だけだった」

結局、それ以後、マサルの遺体も発見されなかった。海の底に、ゆっくりと沈んでいったのだろう……。

彼女が、ため息をついた。店内に、小野リサの歌う〈Yesterday(イエスタデイ)〉が流れている。

「……辛(つら)い事だけど、人の心って、ガラスのような壊れものだから……」

そっと、彼女がつぶやいた。〈人の心は壊れもの〉……彼女がつぶやいた、その深い意味は、しばらくして解るのだけれど……。

おや……。僕は、胸の中でつぶやいた。

シラス漁を終えた午後4時。暮らしている家に帰ってきたところだった。

玄関のわきに、リヤカーがある。この家で合宿していた大学ヨット部が使っていたリヤカーだった。

ヨットを海に出す砂浜まで、荷物を運ぶためにリヤカーを使う。葉山ではよく見る光景だ。そのリヤカーが、今も残されている。

リヤカーの荷台に、何か置かれていた。

それはたたんだシャツだった。ノブを海で救助したあの日、シャワーを浴びた彼女に貸した僕のネルシャツだった。ノブが、シャツを洗って返してきたという事らしい。

シャツの上に、紙があった。僕は、それを手にとった。

太めの鉛筆で〈ありがとう〉と書いてあった。紙をひっくり返してみる。それは、チラシだった。不用品買取り業者のチラシ。郵便受けに放り込まれていたものだろう。

僕は、あらためてノブの書いた〈ありがとう〉を見た。

ちょっと意外だった。その文字が、濃く、しっかりとしていたからだ。

スマートフォンやパソコンばかり使うせいか、僕も含め、若い連中の書く字は貧弱な事が多い。けれど、ノブの字は、しっかりしていた。がっちりしているとも言える。あの年の子が書いた字としては、まともだ。

僕は、手にしたその紙をじっと見ていた。少し皺になっているチラシの紙と、2Bぐらいの濃い鉛筆で書かれた文字に、夕方近い陽が射している。

その鉛筆の太い文字は、女の子にしてはやや濃く直線的なノブの眉を思い起こさせた。

「ほう、バルサに賭けるのか」と亮一。スカGのエンジンをいじりながら言った。

今日の深夜に中継されるスペイン・サッカー。バルサ、つまりFCバルセロナがスペイン東海岸のチーム、バレンシアと対戦する。もう、録画の予約はしてある。

「で、どう賭ける？」と亮一。

「2点差以上でバルサの勝ち」と僕。ジーンズのポケットから千円札を二枚取り出す。亮一に渡した。

「当たれば三倍返し、いいか？」と亮一。僕は軽くうなずいた。


ノブを見かけたのは、翌日だった。

葉山町内にあるコンビニ。昔から酒屋だった店で、3年ほど前から小さなコンビニになっている。

夕方の4時。僕は、何か晩飯を買おうとしていた。店に入って30秒。ノブを見つけた。

彼女は、布のトートバッグを肩にかけていた。店に並んだ商品を眺めていた。

僕には、気づいていない。ほかに客はいない。店の経営者であるオヤジは、カウンターにいる。新聞を広げて読んでいる。

僕は、ノブの動作にある気配を感じ、その斜め後ろに立った。

彼女は、インスタント麺が並んでいる棚の前にいた。商品を選んでいる雰囲気……。

やがて、カップ焼きソバを手にとった。彼女は、それをそのまま自分のトートバッグに入れようとした。

僕は、手をのばした。ノブの手から、カップ焼きソバを取り上げていた。彼女の耳元に口を近づける。小声で、

「やめといた方がいい」とささやいた。

7　万引きはやめておけ

ノブの顔が、こっちを向いた。さすがに驚いた表情……。だが、僕は知らん顔。自分もカップ焼きソバのLサイズを手にとった。

カップ焼きソバ二つと、ビールを三缶。ポテトチップスを一袋。それをレジに持っていった。オヤジが新聞から顔を上げた。

「おお、雄次か」と言った。「久しぶりだな」

僕はうなずく。ポケットから金を出し勘定をすませた。

「あの店のオヤジ、ボケナスに見えるけど、実はそうでもないんだ」

僕は、歩きながら言った。

あの店は、酒屋だった頃から、僕ら地元の悪ガキにさんざん万引きをされている。そのせいで、若い連中が来ると、神経をとがらせているのだ。

僕が高校生だった頃も、缶チューハイを万引きしようとした同級生が、オヤジにつかまり警察に突き出された事があった。

僕がその事を話すと、並んで歩いているノブがうなずいた。

「そっか……」うつむき、意外に素直に言った。しょんぼりした表情。そして、

「ありがとう」と小声でつぶやいた。陽が傾き、歩いていく僕とノブの影が長い。

30分後。カップ焼きソバのいい匂いが部屋に漂いはじめた。

うちの一階。板張りの居間。ノブは、卓袱台(ちゃぶだい)でカップ焼きソバを食べはじめていた。

僕は、ポテトチップスをかじりながら、缶ビールを飲みはじめた。テレビとBSチューナーをつける。

深夜に録画しておいたスペイン・サッカーを再生しはじめた。バルセロナ対バレンシアだ。ノブも、画面を見る。

「……サッカー、好きなの?」と訊(き)いた。僕はうなずく。

「高校じゃ、サッカー部にいた」そして、兄の亮一たちがやってるサッカー賭博(とばく)の事

をさらりと説明した。

「で、どっちのチームに賭けたの？」

「紺とえんじのユニフォームのバルセロナ」僕は言った。ポテトチップスをかじり、ビールをひと口。テレビでは、熱気をおびた試合が展開しはじめている。

「そんなに金ないのか」

僕は、ノブに訊いた。カップ焼きソバを万引きするほど困っているのか……。しかもいま、彼女はそのカップ焼きソバをかなりがつがつと食べている。もしかしたら今日の昼は何も食べていない……。

だが、そこまでは訊かなかった。その年なりのプライドを傷つけかねない、そう感じたからだ。ノブは無言でカップ焼きソバを食べている。

そのとき、テレビ画面から大歓声が上がった。バルサのエース・ストライカーが敵のゴール右隅にボールを叩き込んだ。

1対0。バルサがリード。僕は、右手で拳を作った。

今度は、相手チームのバレンシアがボールを回している。

「苗字、石渡なのか？」

　僕はノブに訊いた。彼女は、焼きソバを食べる手をふと止めた。軽くうなずく。その口のわきには、焼きソバのソースがついている。まるで子供……。

「誰かに聞いたの？」

「ああ……うちでシラスの釜揚げを手伝ってくれてる爺さん」僕は言った。

「そうなんだ……」ノブが箸を使いながらつぶやいた。

「赤ん坊のときに両親が死んで、お袋の妹さんに引き取られたんだって？」彼女がうなずく。

「……そう、母さんの妹、おばさんの家に……」

「で、どこに住んだ……」

「おばさんは西伊豆の漁師さんと結婚してたから」

「じゃ、その西伊豆で育ったのか？」訊くと、またノブがうなずいた。

「……わたしが女だって、近所の人にばれてる？」

「いや、一歳にもならないときに引き取られていった訳だから、ほとんどの連中は気づいてないと思う」僕は言った。

　彼女が、男の子のようにふるまっている理由は、あえて訊かなかった。いずれわかるだろう……。

テレビの画面では、バルサの背番号7がシュートを打ったが、相手キーパーがキャッチ。スタジアムに落胆の声が流れた。

「どうしてここの家に住みはじめたんだ」

二缶目のビールに口をつけて、訊いた。ノブは、しばらく無言。まつ毛を伏せ、焼きソバを食べている。

サッカーの試合は、バルサのリードでハーフタイムに入っている。……やがて、

「西伊豆に、居づらくなったから……。おばさんの家には、ほかに子供が二人いたし……」と小さな声で言った。

「そのおばさんが嫁いだ先は、漁師だって？」

「そう。小船で漁をしてる……」

僕はうなずいた。いまの日本で、漁師の生活は基本的に楽ではない。まして、小船でという事は細々とした漁だと思えた。

「アワビやサザエの獲(と)り方は、そこで覚えたのか」

訊くと、ノブはうなずいた。親戚(しんせき)の子なので、自分の食い扶持(ぶち)は自分で稼げという

事だったのか……。

　だが、それは訊かなかった。もしそうだとしたら、かなり不憫(ふびん)な気がしたのだ。

　テレビから、歓声が上がった。バルサの背番号9が、見事なゴールを決めた。2対0。しかも、試合終了まであと3分だった。僕はまた拳を握り、「よし」と言った。

「賭(か)けには勝ちそう？」とノブ。やがて、タイムアップのホイッスル。僕はうなずいた。

「2－0で、バルセロナの勝ち。2000円が6000円になった」

　ノブは、台所で食べ終わった焼きソバのプラスチック容器を洗っている。洗い終わると、

「ごちそうさま」と言った。そろそろ帰ろうとしている。

「明日(あした)食べるもの、あるのか？」僕は訊いた。彼女は無言……。僕は、台所にある食パン、それと冷蔵庫から出したハムを1パック彼女に差し出した。彼女は、もじもじとしている。

「遠慮するな、この前は、嫌な思いをさせたし……」

「……この前？」

「ああ、お前さんが脱いだ水着をじろじろ眺めた」

「あ、あれは……水着を洗ってくれようとしたんだって、あとでよく考えたらわかって……」頰を少し赤くしてノブは言った。僕は、苦笑い。

「まあ、いいよ。いやらしいお兄さんって事でも」と言った。パンとハムをノブに渡した。

「……ありがとう」少し恥ずかしそうにうつ向き、仔猫のような小声で彼女が言った。

テレビの画面、バルサの勝利を祝う応援歌がスタジアムに流れている。


「あら」

という声が聞こえた。僕はそっちを見た。ウエットスーツ姿の女性がいた。

5秒ほど見ていて、やっと気づいた。それは、医師の中里雅子だった。

土曜の午後2時。うちの船が舫ってある港。そこにある葉山町の町営駐車場。駐めたワゴンのそばに彼女がいた。

僕と亮一は、今日のシラス漁を終えたところだった。

「あなた、ここの港の？」と雅子。僕はうなずく。

「ああ、ここにうちの漁船があって……」と言った。

「そうか、住所が一色だものね」

雅子は言った。彼女は、ま新しいウエットスーツを身につけていた。薄いグレー。脇にピンクのストライプが入った洒落(しゃれ)たデザインだった。

そして、栗色の髪は後ろで一つにまとめてある。これまで見た彼女とは、全く違う。それで、最初は気づかなかったのだ。

彼女は、車のルーフからSUP(サップ)のボードをおろそうとしていた。

SUPは、スタンダップパドルの略。ボードの上に立ち、パドルで漕(こ)ぐスポーツだ。いまの湘南(しょうなん)では、もう定着している。

この港には、あまり広くないが、いちおう砂浜がある。その砂浜から、SUPで海に出る人はかなりいる。彼女も、そのつもりでやって来たらしい。

車の屋根からボードを下ろしはじめた。が、その動作がすでに危なっかしい。

「手伝うよ」僕は言った。

「SUPは、初めて?」

僕はボードを運びながら訊(き)いた。雅子はうなずいた。

「ちょっと面白そうだから、やってみようかと思って……」

なるほどと僕は思った。心療内科の医師は、神経をすり減らす仕事だろう。当然、気分転換が必要なはずだ。

「あなたは、かなり出来るの？」と彼女。

「まあ多少は……」

僕らは、砂浜におりた。ビーチサンダルを脱ぐと、砂浜はそこそこ熱い。今年は夏が来るのが早いらしい。


「で、どうすれば？」

と彼女。僕は、海を眺めた。幸い、海面は穏やかで波はほとんどない。

「まず、浅いところでやろう」と僕。ボードを海水が膝上ぐらいの深さのところに浮かべた。そのボードを僕が両手でつかむ。その上にパドルを手にした雅子が乗った。

かなり恐る恐るという感じで、ボードの上に立った。

SUPのボードは、サーフボードなどに比べると幅が広く安定している。それでも、雅子はおっかなびっくり……。少しへっぴり腰で、体のバランスをとっている。初めてなら当たり前なのだが……。

そして、ボードをつかまえている僕はドキリとしていた。

ウエットスーツは体にぴたりとしている。当然、体の線があらわになる。

雅子のプロポーションは、とてもよかった。当然ながら、大人の体型。ウエストはくびれ、ヒップにはほどよいボリュームがある。普通の服を着ていては、わからない体つきだ。体の奥が、ほんの少しむずっとした……。

「これで、漕げばいいの？」ボードの上で彼女が言った。


「気持ちよかったわ、ありがとう」と彼女。砂浜に置いたボードに腰かけて言った。

2時間ほどSUPの練習をしたところだった。

この2時間で、彼女は7、8回ボードから海に落ちた。といっても、膝から腰の深さだけれど……。

けれど、頑張った結果、ごくゆっくりとならパドルを漕いで海面を進めるようになっていた。

「久しぶりに体を動かして、ほんとに気持ちよかった」と彼女。スポーツドリンクに口をつけた。

並んでボードに腰かけている僕も同じものを飲んでいた。目の前の海に、陽射しが反射している。さざ波が、リズミカルに打ち寄せている。

彼女の濡れた髪が、頬にへばりついていて、少し色っぽかった。

遅い午後の海風……。頭上ではカモメが3羽、そしてトビが1羽、風に漂っている。

「ところで、眠れた？」

彼女が訊いた。つい3日前に薬を処方された。入眠剤プラス、神経の緊張を和らげる薬を処方された。が、

「睡眠は、いまいち。相変わらずかな……」僕は言った。

「そう……効かなかったか……」彼女は、軽いため息。「じゃ、また考えなくちゃね」とつぶやく。

「実は、あなたにもう少し訊きたい事があるの……。よかったら、メールアドレス教えてくれない？」

8　夏への秒読み

「この野郎、あのいい女は誰なんだ」と亮一。網の片づけをしている手を止めて言った。

「誰って、精神科の医者さ」僕はさらりと答えた。

「精神科って、逗子のか？」

「その通り」

「あんな若い女医だなんて、お前ひとことも……」

「訊かれてないのに言うか？　彼女に会いたきゃ、入眠剤でも下剤でも何でももらいに行けよ」僕はニッと歯を見せた。

「お？」僕は、フォークを持って思わずつぶやいた。

「何が起きたんだ……」と敏夫に訊いた。

〈潮見亭〉午後5時半。僕はビールを飲みながら、フォークを動かしていた。目の前にあるのは、アオリイカを使った洋風の料理。アヒージョというのだろうか……。ほどよくニンニクを使い、上手く料理してある。これまで、絶対になかった事だ。

「料理学校にでも通いはじめたのか？」と僕。

「まさか」と敏夫は苦笑い。「助っ人さ」

「助っ人？」敏夫はうなずいた。自分の後ろを目でさした。

厨房の片隅に、一人の男がいた。後ろ姿を見せ何か仕事をしている。短く刈った髪には、かすかな白髪が見える。男は後ろ姿を見せて黙々と仕事をしている。振り向きはしない……。

敏夫は、〈そんなわけさ〉という表情を浮かべた。

「ところで、アワビいらないか？」僕は敏夫に訊いた。

「アワビか……正直、欲しいと言えば欲しいけどな」と敏夫。「と言っても、最近はなかなか手に入らないし……」と言った。

海に潜って貝類を獲るのは簡単ではない。特に高級品のアワビは、主に岩陰にいて獲るのが難しい。なので、最近の相模湾ではそういう漁をする人間がめっきり少なくなった。

敏夫は、厨房で後ろ姿を見せている男に、

「アワビ、あればいいよね」と訊いた。男は、ゆっくりとうなずいた気配。だが、やはり振り向かない。黙々と仕事をしている。

「ただし、怪しいものはダメだぜ」

と敏夫。その〈怪しい〉とは、ヤクザやチンピラが密漁したものだ。最近のチンピラたちは警察の締め付けがきついのか、金に困っているようだ。夜の闇にまぎれて値のはるアワビを密漁したりする。そんなアワビが、料理屋やレストランに流れる事がある。

「大丈夫さ。やばい物じゃないよ」と僕。敏夫は、うなずいた。

「まあ、お前の事だから心配はしない。試しに持ってきてくれ」

僕は思わず足を止めていた。

朝の9時。ノブの家の庭に入っていったところだった。朝から陽射しが強い。僕は歩きながら目を細めた。

庭の隅にノブがいた。Tシャツ姿。雑草の中にしゃがみ込んでいる。

僕は、つい足を止めていた。トイレが故障して、そこでオシッコ……。ふとそう思った。が、よく見れば違う。彼女は、しゃがみ込んで草むしりをしていた。素手で雑草をむしっていた。ノブが、歩いていく僕に気づいた。顔を上げる。やがて、

「……パンやハム、ありがとう」と小声で言った。僕はうなずく。

「草むしりか?」

「そう……ここでトマトを作る……」

「トマト?」訊くと彼女はうなずいた。

「トマト、それとキュウリ」と言い、また、手を動かしはじめた。しゃがんだまま、移動していく……。

ふいに、「あっ」という声。草むしりをしていたノブは、体のバランスを崩して地面に尻もちをついた。

「大丈夫か」

僕は彼女が体を起こすのに手を貸した。彼女の腕も手も首筋も、汗で濡れている。

そのとき、ノブが転んだわけに気づいた。

すぐそばに、タンポポが一輪咲いていたのだ。ノブは、それを踏み潰しそうになり、つい体のバランスを崩したらしい。口調はぶっきらぼうだが、心根は優しい子なのか……。

ノブは、そのタンポポを踏み潰さないように気をつけて立ち上がった。タオルで腕や首筋の汗を拭きはじめた。小さな花をつけているタンポポが、海からの微風に揺れている……。


「アワビを買ってくれる？」

タオルで汗を拭きながら、ノブが訊いた。僕は、説明する。知り合いの店が、アワビを買ってくれる。その事を話した。

「とにかく、あのケチな魚佐治よりはましだと思うぜ」

彼女は、うなずきながら聞いている。

「今日は大潮だから、そろそろ海に潜るつもりだった……」

と言った。昨日から今日、ちょうど中潮から大潮に変わる潮回りだ。

大潮、つまり潮が大きく動くと、アワビやサザエは活発に動き回る。岩の陰にひそんでいたアワビなども、岩陰から出てくる。当然、獲れる確率が上がる。
「じゃ、支度する」とノブ。
「まあ頑張れ」僕は、白い歯を見せた。

メールがきたのは、午後1時頃。ノブが海で潜っているときだった。僕は、港の岸壁でシラス漁に使う網の修理をしていた。
中里雅子からのメール。〈あなたの話をもう少し聞きたいわ。この前のSUPのお礼もあるし、食事はいかが？〉
僕は、少し考え〈もちろん〉と返信した。
しばらくして、返信がきた。彼女の自宅らしい逗子のマンションの場所。そして、〈よければ明日（あした）の午後6時に〉とあった。僕はまた少し考え〈了解〉と返信した。

「お、いいサイズじゃないか」

と敏夫が言った。

午後3時過ぎ。ノブが獲ってきたアワビとサザエを〈潮見亭〉に持ち込んだところだった。アワビは、3枚。どれもかなり大きい。それを手にとった敏夫は振り向き、

「川島さん」と厨房に声をかけた。

厨房から、あの男が出てきた。何か仕込みをやっていたらしく、タオルで手を拭きながら厨房から出てくる。

川島というその男は、50歳ぐらいだろうか。背はあまり高くないが、がっしりとした体つき。色が浅黒く、白髪まじりの髪は短く刈っている。

どんな仕事であれ、プロと言われる人間が持つ独特の雰囲気を漂わせていた。川島は、アワビの一個を手にとる。即座に、

「クロか……」

と言った。俗に〈クロアワビ〉と呼ばれているもの。それは、僕にもわかっていた。アワビの中でも高級とされている。

川島は、それを手にとり重さを測っている。その目つきが鋭い。

「……いまどき、この大きさのクロはなかなかお目にかからないな」と彼はつぶやいた。僕を見て、

「これは、あんたが？」と訊いた。

「いや、知り合いの若い漁師が……」と僕は答えた。いまそれ以上の説明をする必要はないだろう。

アワビはまだ生きていて、ゆっくり動いている。川島は、鋭い目つきでそれを見ている。敏夫が、その川島の様子を見つめている。やがて、川島が顔を上げ敏夫を見た。

「悪くない。これは買いだな……」と静かな声で言った。


「え……」とノブ。口を半開きにしてつぶやいた。

12000円。敏夫から受け取った金を彼女に渡したところだ。かなり意外な金額だったらしい。

「でも、それが相場だと思うぜ」僕は言った。彼女は、しばらくその金を見ていた。

「……ありがとう……」ぽつりと言った。

家の縁側。ウエットスーツと水着が干してある。彼女は、白いTシャツを着て、だぶっとしたショートパンツをはいている。シャワーを浴びたばかりらしく、髪はまだ濡(ぬ)れている。

「その店なら、いつでもアワビやサザエを買うそうだ」

と言った。すぐにゴールデンウィークがはじまる。それを皮切りに、夏に向けた秒読み……。葉山の町に別荘族がやって来る。週末には観光客もやって来る。〈潮見亭〉もそこそこ繁盛する季節がはじまるのだ。

705号室……。僕は、インターフォンのキーを押した。

午後6時。逗子海岸に面した九階建てのマンション。そのエントランスだ。

「はい」という中里雅子の声がインターフォンから流れた。すぐにオートロックのドアが開き、僕はマンションのロビーに入った。

洒落(しゃれ)たソファーと観葉植物のある静かなロビー。エレベータで七階に上がった。

705号室のドアが半分開いている。雅子が笑顔を見せていた。

「いらっしゃい」と言った。デニムのシャツ、スリムジーンズというカジュアルなスタイルだった。髪は後ろでまとめている。クリニックにいるときとは、まるで違う。

「……おじゃまします」

われながら、少し間抜けな言葉を口にして僕は部屋に入った。リビング・ダイニングという感じの部屋は、クールなインテリア。

部屋には曲が流れていた。大きなボリュームではないが、それは英語で歌われているロックだった。少し意外……。

そして僕の目は、部屋の一画に……。その壁には、すごい数のＣＤとレコードが並んでいた。そのほとんどがロック系のようだった。

ふと、キッチンカウンターにある一枚の写真が目にとまった。シンプルな額に入っている写真……。

それを見た僕は、「え？」とつぶやいていた。

9　ロックな医者がいてもいい

僕は、その写真に顔を近づけた。

十代の女の子が写っていた。髪の一部をグリーンに染めている。ＤＪブースのような所でマイクに向かっている。

「これって……」

「私よ。高校一年の文化祭」と雅子。カラリと笑った。僕は、あらためて写真を見た。髪をグリーンに染めていても、その整った顔立ちは確かに彼女だった。

「まあ、一杯やりましょう」

「小学生の頃から、ロックが好きだったわ」

と雅子。グラスを手にして言った。〈マイヤーズ〉のラムをジンジャエールで割ったものだ。僕も彼女が作ってくれた同じものを飲みはじめていた。

「その理由って？」

「……うちの父は、とことん堅物でね」

「お医者の親父さん？」

「そう。すごく仕事熱心な医師だったけど、スーパーな堅物。しかも私は一人っ子だった。父は、私を可愛がってくれたけど、同時に医院の後継ぎにしたいと考えていたらしいの。そんな父への反発もあったかなぁ……。望まれるような優等生になりたくなかったのね。小学生の時から、ロックを聴きはじめたわ」

僕は、うなずいた。干したアンズを口に入れた。テーブルには、いろいろなドライフルーツを盛った皿がある。

「じゃ、将来は音楽関係の仕事をしたいとか？」

「そうね……中学時代から、高二ぐらいまでは、そんな事を考えてたわ」と雅子。

「DJかFM局のディレクターになって、音楽で人を元気づける……。そんな思いが確かにあったわ」

彼女は、カウンターにある写真に視線を送った。髪をグリーンに染め、DJをやっている写真……。

「あの頃は、毎週のように逗子から東京でのコンサートやライヴハウスに行ってたわ。帰るのは、いつも横須賀（よこすか）線の終電」彼女はそう言って苦笑い。ラムのグラスに口をつけた。

スピーカーから、聴き覚えがある曲のイントロが流れてきた。確か、ディープ・パープル……。彼女は二杯目のラム・ジンジャーを作り、自分と僕の前に置いた。

「でも……結局、医者になったわけだ……」

僕は、つぶやいた。彼女は、うなずく。ドライフルーツを口に入れた。

「あれは、高二の夏だったわ」

にわか雨が降りはじめたように、彼女はぽつりと口を開いた。

「その日も、私は東京でのコンサートに行って、家に帰ったのは夜中近くだった……」

とつぶやいた。ラムをひと口。

「家の居間に入ると、父がソファーで居眠りしてた。医学書を広げたまま、口を少し開いて居眠りしてたわ。その姿を見たとき感じたの。老けたなぁって……」

僕は、無言で聞いていた。

「私は、父が35歳のときに出来た子供だったの。父は仕事一筋だったから、結婚も遅れたらしい……。だから、私が高二のとき、父は確か52歳……。でも、そのときの父は、もっと老けて見えたわ。白髪もふえて、のどに皺ができて……」

そこまで話し、彼女はグラスに口をつけた。

ふと立ち上がり、違うCDをミニコンポに入れた。ローリング・ストーンズが流れはじめた。

あのマサルが好きで、よく聴いていたストーンズ……。

「父は長いあいだ心療内科の医師をやってきた……。心に病をかかえる患者に寄り添うように……。そして、言う事を聞かない私の事でも心を痛めてきたに違いない、そう思ったわ。……っていうか、気づいたって言った方が正しいかなぁ……」

「……それで、気持ちが揺れた？」

僕が言うと、彼女は小さくうなずいた。

「それから半年ぐらい真剣に考えたわ。自分のこれからについて……」

今度は、僕がうなずいた。

ストーンズの〈Ruby Tuesday（ルビー・チューズデイ）〉が流れている。

「その半年の間に、いろいろな事を知ったの」

「いろいろ？」

「そう……。たとえば、一年の間に交通事故で死ぬ人の数より、自殺する人の方が多いの」

僕は、内心、〈え……〉とつぶやいていた。知らなかった事だ。

「特に子供の自殺がひどく増えているわ。以前なら、これほど多くの小学生や中学生が自殺するなんて、絶対に考えられなかったと思う」

「……確かに……」

「ほら、昔のフォークソングで〈戦争を知らない子供たち〉って曲があったでしょう？」

僕は、うなずいた。そのタイトルはおぼろげに知っている。

「あの曲、いまとなっては、かなりナンセンスかもしれないわ」

「ナンセンス？」

「そう……。確かに、いまこの国に、金属の弾丸が飛び交う戦争はないわ。でも……私たちが生きてる世の中って、一種の戦場じゃないかしら……。見えない弾丸が飛び交ってる……」

僕は、ゆっくりとうなずいた。

「そんな戦場で、心が負傷して、そのあげくに死んでしまう人は多いと思う。たとえ子供でもね……。〈戦争を知らない子供たち〉などじゃなく、いままさに戦場にいる子供たちかも……」

彼女は、ほろ苦い口調で言った。またグラスに口をつけた。

「そういう理由で、医師になろうと？」と僕。彼女は小さくうなずいた。

「音楽で人の心を元気づける仕事も悪くないけど、病んだ心の手当てをする仕事も悪くないかな……。そんな感じだったわ……」

ストーンズが、〈Tell Me（テル・ミー）〉を歌っている。

「ひとつ白状するわ」雅子が、苦笑い。「お食事はいかが、なんてメールしたけど、料理はあまり得意じゃないの。レトルトのピッツァでいい？」

僕は「もちろん」と答えた。ピッツァでもパスタでも何でもこい……。それより、向かい合っている彼女と僕の状況が気になった。

一人暮らしと思えるマンションの部屋で、彼女と二人きりで、アルコール度数の高いラムを飲んでいる……。

子供たちの自殺は確かにシリアスな問題だが、いまのこの状況も僕にとってはシリアスな問題だった。これからどんな展開になるのか……。

とりあえず僕はクールを装い、流れているストーンズを聴いていた。

20分後。

「お待たせ」と彼女。オーブンから出したピッツァをテーブルに運んできた。上にバジルの葉が散らしてある。僕らは、赤ワインを飲みながら、ピッツァを食べはじめた。

「で、親父さんはもう仕事を引退したとか?」僕は訊いた。いまあのクリニックで彼女が診察してる、その理由は聞いていない。

ピッツァを口に運ぶ彼女の手が一瞬とまった。

「……父はいま入院してるの」

「入院……怪我か何か?」

「そうじゃなくて、心が壊れてしまって……」と彼女。ワインに口をつけた。

「壊れた……」と僕。

「2年前ぐらいから、一人の男の子が父のところへ診察に来てたの。当時、小学五年生だった」

と彼女。

「その子は、学校でのひどいいじめが原因で強い鬱の症状を示してた。学校にも行けず、ほとんど誰とも口をきかずに過ごしてたらしいわ」

「鬱……」

「そうね。かなりひどく心を病んでいた……。親がその子を診察に連れてきて、父は真剣にその子を診てたらしいわ、いろいろ手をつくして……。その甲斐があって、その子は、2年間で次第によくなっていった。でも……」

「でも？」

「精神的な疾患の場合、回復しかけているときが一番危ないというセオリーがあるんだけど、それが運悪く当たってしまった……」

ワインを口に運ぶ僕の手が止まった。

「その子は？」

「自宅マンション九階のベランダから飛び降りてしまって、助からなかった……。彼は12歳で人生を終えたの」

静かな声で彼女は言った。部屋には、ストーンズの〈As Tears Go By（アズ・ティアーズ・ゴー・バイ）〉が流れていた。

「で、親父さんは？」

「詳しくは話せないけど、入院させるしかない状態になっていた」

「その子の事がショックで？」

「それはもちろんだけど、心の耐久力が限界をこえたみたい」と彼女。

「心の耐久力……」

「ほら、金属の部品も長年酷使してると、金属疲労で突然壊れてしまうでしょう。父の場合も、それだと思う」

「経年劣化（けいねんれっか）……」

僕は、つぶやいた。船を扱い、多くの金属部品とつきあって来たので、よくわかる……。

「精神科の医師にとって、自分も心を病んでしまう事は多いし、とても深刻な問題よ」

「親父さんの場合は……」

「ひどく仕事熱心だったから、それが極端な形で出てしまったんだと思う。残念だけど……」と彼女。つとめて感情をおさえた口調で言った。

「父が入院したんで、横浜の病院に勤務しはじめてた私が、ここ逗子の医院で診察をせざるをえなくなった……。それが2カ月半前よ」

僕は、うなずいていた。軽いため息。ワインをひと口……。

いつか彼女が言った〈人の心は壊れもの〉……その意味がよくわかった。

「私、自分の事ばかり喋（しゃべ）っちゃって……。しかもこんな暗い話、ごめんなさい」と彼女は苦笑いした。

僕は首を横に振った。彼女についていろいろと知りたかったのは事実だから……。

「あなたの話を聞きたかったのに、少し飲み過ぎちゃった。私ったらダメね……」

彼女は少し自嘲（じちょう）ぎみに笑った。その頬にはかなり赤みがさし、白い首筋も桜の花びらのような色に染まっている。

オーディオからは、まだストーンズが流れている。M（ミック）・ジャガーが〈満足できないぜ！〉と歌っている。

結局、何も起こらないまま僕は彼女の部屋をあとにした。

「これは？」僕はノブに訊いた。

バケツの中にいる一匹の蟹(かに)を見た。

「この子の名前は、ケンイチ」その蟹を眺めてノブが言った。

10　蟹(かに)のケンイチ

ノブの家の縁側。

青いプラスチックのバケツが置かれていた。5センチぐらいの深さで海水が入っているようだった。そこに一匹の蟹がいた。

小型の蟹。食用になるワタリガニなどではない。僕らもちゃんとした呼び名は知らず、〈磯っぺ〉と半分馬鹿にして呼んでいる。このあたりの磯には、いくらでもいる蟹だ。ノブは縁側に座り、そのバケツを覗(のぞ)き込んでいる。

「これが、ケンイチ？」訊くと笑顔でうなずいた。

「そう、ケンイチ」と言った。初めて見たこの子の笑顔のような気がした。

ノブが人差し指で蟹に触ると、蟹はのろのろと動く。

ノブはその姿をじっと見ている。その無邪気な表情は、たとえば金魚鉢の中を見ている小学生のようだった。

「で、こいつ、なんでケンイチ？」僕は訊いた。

「幼稚園で仲がよかった子の名前をとっただけ」ノブが言った。また、バケツを覗き込み、蟹のケンイチをいじっている。無邪気な表情で、

「ほら、ケンイチ、動いてよ」と言った。


「もっとアワビを？」ノブが訊き返した。僕は、うなずいた。説明する。

いまは、ゴールデンウィークに入って3日目。〈潮見亭〉にも、かなりの客が来ているらしい。そんな客たちに、ノブが獲ったアワビが好評だという。

さっき敏夫からスマートフォンに連絡がきた。〈川島さんが、あれをワイン蒸しにして出してるんだけど、すごく好評で〉という。

「とにかく、アワビが欲しいそうだ」と僕。ノブはうなずいた。

「今日はちょっと波があるけど、明日は潜る」

「これもいいな」

と敏夫。アワビとサザエを見てつぶやいた。翌日の午後3時。〈潮見亭〉。

朝からノブが潜って獲ったアワビとサザエ……。大きなクロアワビが4枚ある。敏夫は、それを見てうなずいている。

「電話で話したけど、川島さんが作るアワビのワイン蒸しが好評でさ……」と言った。

「そうらしいな」と僕。敏夫がやっている店のホームページをすでに見ている。そこには確かに〈アワビのワイン蒸し〉が載っていて、好評なようだ。

「ところで、あの川島って料理人、どうやって雇ったんだ」僕は敏夫に訊いた。

「どうもこうも、求人情報誌さ」

「情報誌……」

「ああ、とにかく、多少はましな料理人がきてくれればと思って求人広告を出したんだ。そしたら彼がきた」

「へえ……」

「どうせラーメン屋を潰したオヤジってとこかなと思ったが、とりあえず一品作ってもらったんだ。そしたら……」

「あの腕前か」と僕。「彼の経歴は？」

「それは、よく聞いてないんだ」

「聞いてない……」

「その前に、雇う事を決めちゃったし、あの通り口数の少ない人だから……」と敏夫。

「まあ、どんな経歴でも関係ないよ」と言った。

しかし、僕の心には疑問が消え残った。あれほどの腕を持った料理人がなぜこんな小さくさびれた店に……。その疑問は、喉に引っかかった魚の小骨のようだった。


「安いな」僕は言った。敏夫が出した12000円を見て言った。

「これじゃダメか……」

「ああ、ダメだ」と僕。説明をはじめた。この店のホームページによると、〈アワビのワイン蒸し〉は、一皿4000円。

蒸したアワビをスライスして皿に盛りつけてある。その分量からして、ノブが獲る大型のアワビ1枚で2皿は出せる。

「つまり、アワビ1枚で8000円の売り上げだ。その仕入れ値は、3500円ってところだろう」僕は言った。

「少し高くないかい？」敏夫がそう言ったときだった。「そんなもんだろう」という声がした。

振り向く。川島がいた。仕込みから帰ってきたのか、発泡スチロールのトロ箱を持っている。

「あそこまで大きなクロアワビは、なかなか手に入らない。1枚3500円は高くないよ」と川島は言った。さらに、「あれがコンスタントに手に入るなら、店の看板メニューになるだろうし……」と言った。

ノブの家に行く。

彼女は、縁側に腰かけていた。両足をぶらぶらさせて何か食べている。そばには、蟹（かに）のケンイチが入っているポリバケツがある。

ノブは、コロッケパンをかじっていた。葉山町内にある旭屋（あさひや）で買ったコロッケとパンらしい。両手でコロッケパンを持ち、かじっている。

彼女は朝からアワビ獲りをしていた。腹が減ったのか、大きく口を開けてコロッケパンを食べている。

僕は、札をポケットから出した。アワビ1枚が3500円。そのアワビが4枚で、14000円。

さらにサザエ10個の分をたして、15000円。それを彼女に差し出した。

ノブはかなり驚いた顔。コロッケパンをわきに置いた。

「こんなに……」と、口を半開き。唇のすみにコロッケの破片がついている。

「まあ、これが相場だよ。遠慮なく受け取っておけ」

僕は言った。ノブに札を渡した。彼女は、相変わらず洗いざらしたTシャツを着ていた。その襟ぐりは、相当にのびている。しかも、ノーブラのようだった。僕は、ノブが手にしている札を見た。

「それで、少しはましなTシャツ買えよ」と言った。

もう少しで、〈襟がのびちゃって、おっぱい見えちゃうぜ〉とからかうところだった。

しかし、それは思いとどまる。この子には不思議なところがある。ほかの事には、かなり子供っぽく無防備だけれど、肉体的な事にはすごく過敏な感じがする。

彼女の年頃を考えれば、それはある程度わかる……。が、そのギャップは、かなり不思議だった。

「船？」

僕は、訊き返した。

さっき〈潮見亭〉から帰るときに、敏夫からリクエストがあった。アワビをもっと獲れるならぜひ獲ってきて欲しいという事だった。それを聞いたノブが言ったのだ。

「船があれば、もっと獲れるけど……」

なるほどと思った。

いまノブは、森戸の砂浜から泳いで海に出ている。それだと、泳いで行ける範囲でしかアワビ獲りが出来ない。もし小船があれば、その行動範囲は桁違いに広がる。

600メートルほど沖にある菜島。小さな磯だけの島だけど、周囲の海では大きなアワビや伊勢エビが獲れる。その意味で言えば、葉山の海はまだ豊かだと言える。ほんの小さな船があれば、そこまで行くのはごく簡単だ。

「伝馬か……」

僕はつぶやいた。10から20馬力のエンジンがついている小型船を、俗に伝馬船と呼んでいる。

「もしかしたら、伝馬、あるかもしれない」と言った。

漁師の世界は、すごい勢いで高齢化が進んでいる。きつい仕事の割に、見合うほどの収入は得られないので、漁をやめてしまう五十代、六十代は多い。

そんな元漁師たちが使っていた伝馬船が、港の片隅に放置されている。朽ち果てた船が多いけれど、中にはまだ使えそうなものもある。

「探してみてやるよ」と僕は言った。

ところで、

「お前、船舶免許持ってるのか？」とノブに訊いた。エンジンがついている伝馬船を走らせるには船舶免許が必要だ。ノブは、うなずいた。

「持ってる」と言った。第二級小型船舶免許を持っているという。

僕は、思い出していた。ノブと初めて会った岸壁。僕が投げたロープを手際よくビットに結んだ。あの手際よさは、ごく日常的に船を扱っている者のものだ。

そして、もう一つの事にも気づいていた。それはノブの年齢に関する事だ。

小型船舶免許は、16歳にならないと取れない。という事は、ノブは少なくとも16歳以上という事になる。

……ノブが何歳なのか、よくわからないところがあった。

普段は無邪気な表情を見せている。縁側に腰かけ足をぶらぶらさせて、蟹のケンイチと遊んでいるときなどは、小学生のようにあどけない。

けれど、少し沈んだ顔つきで何か考えているときは、17歳か18歳に見える事もある。

15歳から18歳の間か……。僕は漠然とそんな予想をしていた。が、船舶免許の件で、少なくとも16歳以上とはわかった。

「とにかく、伝馬船を探してやるよ」僕は言った。

その男を見たのは、ノブの家を出たところだった。

港の方に歩きかけた僕は、一人の男に気づいた。見た事のない中年男だった。壊れかけた塀のすきまからそっとノブの家を覗いていた。

その男がいつからいたのか、それはわからない。が、男はじっとノブの家を覗いている……。

11　七夕（たなばた）生まれ

ノブはいま、家の裏で洗濯をしているはずだ。

男は、塀のすきまから離れた。歩き去ろうとしている。僕は声をかけようか、ちょっと迷っていた。

その間に、男は海岸道路に出ていく。僕は、そのあとを追った。

が、いまはゴールデンウィーク中なので海岸道路は観光客でにぎわっている。その人混みにまぎれて、男の姿は見えなくなっていた。

僕は舌打ちした。やはり、すぐ男に声をかけるべきだったたか……。

その男は、一見、地味な身なりだった。濃紺の上着にグレーのズボン。黒く平たいバッグを持っている。顔はよく見ていないが、おおよそ四十代……。髪は横分けにしていた。

サラリーマン風にも見えた。買い取れる古い家を物色している不動産会社の人間……という可能性もある。葉山はいま、マンションや洒落た戸建てのブームだ。が、それなら家に入っていくなり、郵便受けにチラシを入れるなりすればいい。

やはり、怪しかった……。人混みの海岸道路を眺めて僕は胸の中でつぶやいた。


「あの伝馬船か」と克さん。シラスの釜揚げをしながら、「あれは、もういらんなあ……」とつぶやいた。港の一画。亮一と僕が獲ってきたシラスを、克さんは釜揚げにしているところだった。

「あの伝馬、かなりボロだけど、使うなら雄ちゃんにやるよ」と僕に言った。

克さんは、だいぶ前に漁師をやめ、鐙摺で使っていた伝馬船をこの港に回してきていた。が、ずっと使っていないようなので、僕は訊いてみたのだ。

あの伝馬船は？……と。

「知り合いが伝馬を探してて……」と僕。「ちょっと見せてもらうよ」と克さんに言った。

克さんの伝馬は、港のスロープに上げてあった。僕は、それを押して水に浮かべた。二、三人乗れば満員になる大きさ。ＦＲＰの船体。15馬力の船外機がついている。

船外機のスターターを引いてみる。予想通り、エンジンはかからない。

まずは、プラグの交換だろう。僕は、港に面したうちの駐車場に行く。軽トラに乗る。ボートサービスの店に向かった。


「これ、本当に？」ノブが思わずつぶやいた。伝馬船を眺めている。

「ああ、これでよかったら使えよ」僕は言った。

翌日の正午過ぎ。伝馬船は、岸壁に舫ってある。ゴールデンウィークが終わり、あたりは静けさを取り戻していた。がらんとした港の海面に陽射しがパチパチと反射している。

僕とノブは、伝馬に乗り込んだ。僕がスターターを引くと、船外機が軽快な音を立てはじめた。今日の午前中、点火プラグ、燃料ホースなどの交換をしておいたのだ。

「ほら」と僕。ノブがうなずき、船外機のクラッチを後進に入れた。船は、バックで岸壁を離れていく。20メートルほど岸壁から離れて、クラッチを前進に入れて切り返す。

船首を港の出入り口に向ける。ゆっくりとアクセルを開いていく……。

「上手いな」僕は言った。近くの海をひと回りして戻ってきた。伝馬船を岸壁に舫ったところだった。ノブは操船が相当に上手だった。

「あっちで、毎日やってたから」とノブ。〈あっち〉とは育った西伊豆の事だろう。

その時だった。ガツンという重い音がした。

僕らは、そっちを見た。一艘の漁船が着岸しようとして、船体を岸壁にぶつけたらしい。

僕はそっちに歩いて行った。

操作しているのは、達彦だ。あせった顔で操作している。

それから5分ぐらいかけて、船はやっと着岸した。その船の床に座り込んでいる中年男がいた。漁協の組合長、熊井だ。船が岸壁にぶつかった衝撃で転んだらしい。

熊井は、のろのろと岸壁に上がってきた。両手で自分の腰を押さえている。

僕を見ると、

「雄次……帰ってきてたのか」と言った。僕は、無言でうなずく。操船席を目でさした。

「そんな事より、その馬鹿息子にまともな操船を教え込んだ方がいいんじゃないのかな?」と言った。

〈馬鹿息子〉と聞いて、タツが僕を見た。だが、睨みつけはしない。視線を伏せた。

熊井は、ふと僕のそばにいるノブを見た。

「雄次……弟いたか?」と訊いた。いまのノブは、綿のパーカーを着ている。胸の膨らみはわからない。男の子に見えて不思議はない。

「いたかもな」僕はそれだけ言った。ノブと並んで歩きはじめた。


「名前、ユウジなんだ……」

とノブ。コロッケパンを手につぶやいた。ノブの家の縁側。僕らは、少し遅い昼飯を食べていた。ついこの前、彼女がコロッケパンをかじっているのを見て、僕もひさびさに食いたくなった。そこで旭屋に行き、コロッケとパンを買ってきたのだ。

陽射しがあふれ、雑草の匂いがする縁側。僕らは、コロッケパンをかじりはじめた。

そのとき、ふとノブが口を開いた。〈名前、ユウジなんだ……〉とつぶやいた。

「ああ、つまらん名前だけど」僕は少し苦笑した。


「さっきの人たち……」とノブ。

「船を岸壁にぶつけた？」

「そう」

「あれは、漁協の組合長とその息子。ダメな組合長と馬鹿息子さ」僕は言った。

「ダメな組合長？」とノブ。小さく笑った。

「ああ、ダメなものはダメだから」

「そんな事言って平気なの？」とノブ。僕は、うなずいた。

　コロッケパンをかじりながら話す。漁協と言っても、組合員のほとんどが年寄りで、実際には引退して仕事をしていない。

「ちゃんと海に出て仕事してるのは、うちの〈明光丸〉とあと2軒、それに釣り船屋が3軒だけだ」と僕。その6軒が払う組合の運営費で、漁協はぎりぎりやっている。

「だから、ちゃんと仕事してる組合員には何も言えないのがあの組合長だよ」

「へえ……。じゃ、組合長のところは漁をしてないの？」

「ダメさ。あの親父は慢性の腰痛。馬鹿息子の達彦は、遊んでばかりで仕事はろくにしない。あいつらは、組合の経費でやっと食ってるのさ」僕はまた苦笑い。

「そうなんだ……」とノブ。そして、「……馬鹿息子？」とつぶやいた。

僕は、うなずいた。簡単に説明する。

「あいつ、以前から、ジェットスキーに女を乗せてはあたりを走り回ってたんだ」

「ジェットスキー……」

「ああ、近くで見突き(みづき)をやってるのに」

と僕。〈見突き〉は、漁の一種。伝馬船の上から、箱メガネで水中を覗く(のぞく)。そして、先に三叉(みつまた)のモリがついた棒を海底に入れてサザエを獲る(とる)。見ながら突くので〈見突き〉と呼ばれている。

「爺(じい)さんの漁師が見突きをやってるのに、達彦の馬鹿はその近くをジェットスキーで走り回ってた」

ジェットスキーがたてる波で、見突きをやっている漁師はひどく迷惑する。そんな事におかまいなし。達彦は、派手な女を乗せて走り回っていた。

「あんまり頭にきたんで、やつを岸壁から海に放り込んだ」

あれは、僕が18歳の夏だった。ジェットスキーを岸壁につけて、女と一緒に上がってきた達彦。その襟をつかんで海に放り込んだのだ。それ以来、僕の顔を見ると達彦はそそくさと立ち去るようになった。

「まあ、つまらない話だ」あくびをしながら僕は言った。


「船舶免許証？」ノブが訊き返した。

僕はうなずく。組合長の熊井の顔を見て、思い出したのだ。

ノブを漁協の組合員として正式に登録する必要があるだろう。その手続きは僕がしてやるにしても、ごく簡単なノブの身分証明が必要だ。彼女の場合は、船舶免許証でいいだろう。

それを言うと、ノブは家の奥に入る。小型船舶の免許証を持ってきた。車の免許証と同じ大きさ。濡れてもいいようにプラスチックでパウチされている。

僕は、それを見て、一瞬、吹き出しそうになった。

というのも、免許証についているノブの写真だ。濃い褐色に陽灼けし、ショートカット。まるで可愛い男の子。それも、中学二年ぐらいに見える。

姓名は〈石渡ノブ〉。……という事は、おばさんに引き取られても、戸籍は葉山で生まれたときのままらしい。

おばさんは、結婚して苗字が変わっているはずだから……。

それは、別の事も意味する。

赤ん坊のときに両親が亡くなり、母親の妹に引き取られても、その籍には入れてもらえなかった。あるいは、籍を入れない理由があった……。あくまで、姪、つまり親戚の子として育てられたと思える。

そして、免許を取ったときの住所は、〈静岡県加茂郡西伊豆町野浜〉。

「野浜……」僕はつぶやいた。全く知らない地名だった。

「何もない半農半漁の小さな村……」とノブがぽつりと言った。またコロッケパンをかじりはじめた。

7月7日。誕生日が七夕か……。僕は、胸の中でつぶやいた。
船舶免許証にはノブの生年月日が記されている
今年の7月7日で、ノブは17歳になる……。
七夕の日に生まれた女の子……。その事が、なぜか印象に残った。

「とにかく、あの伝馬は自分のものだと思って使えばいいよ」と僕は言った。ノブは、コロッケパンをかじりながら、うなずいた。

「ありがとう。それで……お金は……」

「金……あの船の？」訊くとノブはうなずいた。

「それは、気にしなくていいよ。あの船を使ってた元漁師の克さんは、もういらないと言ってる。しかも、この3年ほど、うちで雇って仕事してもらってるんだ」と僕。

「もしアワビで稼げたら、少し払ってやってもいいよ。月に1万とか2万とか……」

「本当にそれでいいの？」とノブ。

「いいさ。弟じゃないか」微笑して僕は言った。


ふとノブの横顔を見た。

少しうつ向いている彼女の横顔。その頬に、涙が一筋……。頬をつたって膝に落ちた。そして、涙はまた一筋……。僕が、その横顔を見ていると、

「ごめん……。こんなに親切にされたの、初めてだから……」

鼻にかかった小声で、ノブは言った。ぐすっと鼻を鳴らした。

僕は、そばにあるトイレットペーパーのロールをとった。この家に、ティッシュな

どという洒落たものはないようだ。トイレットペーパーで代用しているらしい。僕は、トイレットペーパーをとり、ノブに渡した。彼女は、

「ありがとう……」とつぶやき、それで自分の目尻をぬぐった……。

午後の海風が庭を渡り、雑草の匂いが鼻先をかすめる。縁側に置かれた旭屋のビニール袋が、風にさわさわっと揺れている。


「あら、初ガツオ？」

と雅子が言った。

2日後。彼女のマンション。僕はまた誘いをうけ訪れていた。手ぶらではなんだと思い、カツオを一本持っていった。

いわゆる初ガツオだが、うちの船で獲ったものではない。三崎に本拠地を置く知り合いの大型漁船が、千葉・銚子のかなり沖まで行って獲ったものだ。

僕は、彼女の部屋のキッチンでカツオをさばきはじめた。手早く、さばいていく……。それを見ている彼女が、

「さすがに慣れてるのね」と言った。

子供の頃から魚はさばいていたし、船員学校に入ってからも、食事当番があったのだ。僕は、それを説明しながら、カツオを、刺身にしていく。

同時にフライパンでオリーブオイルを温める。そこへ、刻んだニンニクと赤唐辛子を入れた。ペペロンチーノのパスタを作る要領で加熱する。

そのフライパンに醬油（しょうゆ）を少し入れて、さっとカツオの刺身にかける。

これは、船員学校の寮にいた調理師に教わったものだ。

僕が手を動かしていると、彼女がそばに来て覗き込んだ。ふと、肩が触れ合い、香水の香りを感じた……。

12　カルテは心の中にある

「美味(おい)しい……」

　カツオを口にした雅子が言った。実感のこもった声だった。

　僕も箸(はし)を使いながら、簡単に説明する。

　大型船がカツオを獲(と)りに遠洋まで航海する事はある。そうなると、船上の食事は毎日カツオ。いくら新鮮なカツオでも、毎日では飽きてしまう。そこで、いろいろな料理法を工夫する。

「たまには、マヨネーズを使ったりね」

　僕は言った。そして、ニンニクやオリーブオイルを使ったこの料理法もその一つ。

　船員学校を出たあと、カツオ船に乗る場合もあるだろう。そこで、寮の調理士が僕らに教えてくれたのだ。

彼女はうなずく。よく冷えた白ワインを口に運んだ。

部屋には、E・ジョンらしい曲が低く流れていた。ロックに詳しくない僕のために選んだCDだろうか……。


「遠洋航海といえば、あなたの仲間だったマサル君の事だけど」

雅子が口を開いた。二人ともワインをグラス二杯ほど飲んだところだった。

「自殺したマサル……」

「そう、彼の事をもう少し話して欲しいんだけど」

「もう少し?」と僕。彼女がうなずいた。

「彼が自殺した事をよく話してくれたと思うわ。……でも、まだ話してない事があるような気がするの。気のせいかしら……」

僕は無言でワインを口にした。

「もしかして、まだ話してくれてない事が心の重荷になってたら、それがストレスや不眠の原因……という可能性があるわ」彼女は言った。ゆっくりとグラスを口に運んだ。

「……確かに、まだ話してない事はあって……」僕は、つぶやいた。

「……やっぱり、そうなんだ……」と彼女。「もしよければ、話してくれる？　話す事で、少しは楽になるかもしれないわ」と、あえてさりげない口調で言った。

僕は、1、2分、無言でいた。やがて、

「その……マサルが残した遺書の中で……」と僕。

「その中で？」

「……なんていうか、好きだという告白みたいな文章があって」

「もしかして……あなたへの恋愛感情？」と彼女。僕は、ゆっくりとうなずいた。


彼女が、長くため息をついた。

「そんな気もしてたんだけど、やっぱり……」

と言った。グラスに口をつけた。

「もちろん知ってるでしょうけど、同性に対する恋愛感情は特殊な事じゃないわ。世界を見渡せば、同性の結婚を認めるケースも増えてきてるし」

僕は、グラスを手にうなずいた。

「もしよければ……その手紙は、どんな文面だったの？」

僕は、またしばらく無言。やがて、

「……簡単な言葉で、初めて会ったときから君が好きだった。でも、僕は君の恋人にふさわしくない。一緒にいた時間は忘れないよ、と……」

部屋には、E・ジョンのスロー・バラードが流れている。

「それ以前に、彼から何か告白されたとかは？」

と彼女。僕は首を横に振った。マサルから、そんな態度を示された事はない。寮の部屋で二人きりになった事もある。二人で街へ遊びに出かけた事もある。が、マサルがそれらしき態度を見せた事はない……。それは、遺書を読んだ教官たちにも話した。

「それじゃ驚くわよね……しかも、遺書で告白されたら……」ため息まじりに彼女が言った。

「もし嫌じゃなかったら聞かせて欲しいんだけど、あなた、女性経験は？」

と彼女。僕は、うなずいた。

「二人」と言った。

最初は、逗子にある県立高校のクラスメイト。水泳部に入っていた脚の長い娘だった。二人目は、静岡。船員学校の近くにある海岸でライフセーバーをしていた大学生の娘だった。どちらも、もう終わった恋だけれど……。そんな事を、簡単に話した。

彼女はうなずく。

「あなた、もてるでしょうから、それは少ない方かも……」と言い、「その二人とのセックスは、うまくいった？」

「まあまあ……」

僕は軽く苦笑しながら言った。完璧(かんぺき)というわけにはいかなかったけれど、なんとかなった……。


「じゃ、そのマサル君のあなたへの恋愛感情は、片想いだったわけね」

「まあ、そうなんだけど……」

「だけど？」

僕は、話しはじめた。マサルが自殺したあと、教官たちからさんざん訊(き)かれた。僕とマサルの関係について……。過去にもそういう例があって、そのときは騒ぎになった事があるという。

「そういう例って、男子生徒同士の？」

と彼女。僕は、うなずいた。

矢部(やべ)という教官がいた。教官の中でもやたら保守的で、生徒たちに最も嫌われていたやつだ。その矢部から、僕とマサルの事についてしつこく訊かれた。僕がマサルの事をどう思っていたか。どんな話をかわしたか。たとえば手を握り合ったりした事はないか、などなど……。

ねちねちと嫌味たらしく訊いてきた。

「その教官は、同性同士の恋愛に対して強い偏見を持っていたのかな……。いまの日本なら、まだまだありそうな事だけど……」

と雅子が言った。僕は、うなずいた。

「そう言われても、ないものはないと言い通したけど……。でも……」

「でも？」

そんな取り調べの最後、マサルと僕を犯罪者のように扱う矢部に、僕は切れた。

「男が男を好きになっちゃ悪いんですか！」

と声を荒らげた。マサルは涙が出るほどいいやつだった。僕だってマサルの事は、友達として好きだった。すると矢部は、

「やっぱりな……」と言い、意味ありげににやりとした。次の瞬間、僕は迷わず矢部

の胸ぐらをつかみ、床に突き倒していた。

「……それで？」と雅子。僕は1カ月の停学処分になった。それに関係なく、あまりに保守的なその学校に嫌気がさしていたのだけれど……。

「そんな事もあって、船員学校は当分休む事にしたんだ。もう戻らないかもしれない」

僕は言った。それは本音だった。

それと同時に、ある苦しさを感じていた。それは、もちろん自殺したマサルに関する事だ。僕に恋愛感情を持っていたマサル。その恋愛感情に応える事は出来なかったけれど、何かほかに出来る事があったのではないか……。

親友として、何か出来る事はなかったのか……。彼が命を絶ってしまう前に……。

その後悔が、重い。鉛でできた120号の大きなオモリが胸の中に入ったままのように感じるのだった。

僕がそれを話すと雅子は大きくうなずいた。

「不眠症の原因は、間違いなくそれね……」とつぶやいた。心の中にあるカルテに書き込んだのかもしれない。

「たとえば、こう考えてみるのは、ありだと思う。魅力がある人は、異性にとっても、そして同性にとっても魅力があると……」

彼女は、微笑して言った。

「女の子にもてる人は、男にももてる。そう思えば少しは気が楽になるんじゃない？」

「それって、もしかしておれの事？」われながら、少し間抜けな言葉だった。

「もしかしなくても、そうよ。あなたは背が高く容姿がいいだけじゃなく、目の輝きが独特」

「目……」

「そう。あなたの目の中には、少年がいる感じがする」と彼女。「21歳にもなれば、悪い意味で大人になってしまう人もいるわ。でも、あなたの目には15歳とか16歳の少年が持っている光があるの。自分ではわかってないと思うけど……」

僕は、なんとなくうなずいた。彼女が言った意味の半分ぐらいしか、理解できなかったけれど……。かなり、ワインの酔いが回ってきていた。

「そうだ、今度釣りに連れていってくれる？」

彼女が言った。僕がそろそろ帰ろうとしたときだった。

「釣り？」

「そう。いま入院してる父が、若かった頃は釣りが好きで……。小学生だった私も一緒に行ったの」

「へえ……釣り船？」

「そう。逗子の小坪(こつぼ)や葉山の鐙摺から釣り船に乗ったわ。でも、父の仕事が忙しくなって、釣りには行かなくなったわ。この前、ＳＵＰをやったら、あの頃を思い出して……」と彼女。

「釣りなら、お安い御用だけど……」僕は言った。

「約束よ。近いうちにね」彼女が言い、部屋のドアを開けた。僕らの体が近づいた。

「おやすみなさい」

彼女が言った。背伸びをし、僕の頰にそっとキスをした。リンスの香りが鼻先をかすめた。

僕は思わず彼女を軽く抱きしめていた。そして、唇へのキス。はじめは、ほんの１秒……。次は、２秒、３秒、４秒……。彼女が、そっと唇を離した。僕の頰に片手で

触れたまま、

「今夜はよく眠れるといいわね」

と優しい口調で言った。僕は、彼女から離れ、うなずいた。


彼女のマンションを出る。歩きはじめても、ときどき体が揺れる。同時に、気持ちも揺れているのがわかる……。30分以上かけて、やっと葉山の家まで帰った。


「よけろ！」

僕は叫んだ。亮一があわてて舵（かじ）を右に切った。

午前10時。葉山の沖。シラス漁から帰るところだった。

船のいく手、20メートルほど先に何か浮遊物！　先に気づいたのは僕だった。亮一が素早く舵を切った。が、ガツンというショック！

亮一が、エンジンの回転数を落とした。けれど、船体は細かく震えている。

何が起きたか、わかっていた。船の一番下にあるプロペラが浮遊物に当たり、変形したのだ。

「ペラ、やられたな……」と亮一。僕は、うなずいた。

デッド・スロー、つまり超微速で港に戻りはじめた。

「やれやれ……」亮一がつぶやいた。

これは、珍しい事ではない。

日本の沿岸は、ゴミだらけと言ってもいい。川から流れ出したゴミ。そして、悪徳業者が海に不法投棄した物だ。ときには、電子レンジや冷蔵庫が海に浮いている事もある。いまペラをぶつけたのも、何か家電品のようだった。日本沿岸で起きる船舶トラブルの多くが、こういうペラの変形だ。

船は、時速3ノットで、のろのろと港に向かっている。


「しばらくシラス漁は休みだな」亮一が言った。

「仕方ない」と僕。

船は、なんとか港に戻った。が、これから船を上架する、つまり陸に上げる。そして、プロペラの修理、あるいはオーダーして交換……。これは、専門の業者に頼むしかない。最低でも1週間。へたをすると2週間以上かかるだろう。

そのときだった。僕は港の隅に視線を送った。ノブだった。あの伝馬船で海に出ようとしている。僕は、そっちに歩きはじめる。

「あの子か……」と亮一。

「ああ、ちょっと手を貸してやるよ」と僕。

亮一は、あまり興味がなさそうにうなずいた。まだ、ノブが男の子だと思っている。

これはいつまでバレないものだろう……。

13　A旗

「助かる……。この辺の海底はよくわからないから」と言った。伝馬船に乗り込んだ。

「手伝うよ」と僕。ノブは、ウエットスーツ姿でうなずいた。

葉山沖、400メートル。僕は、伝馬船のスピードを落としていく……。

そうしながら、山タテをしていた。陸上にある何カ所かのポイントを結び、船の現在地を割り出す。漁師が昔からやってきた方法だ。

山タテが、ほぼ出来た。

「この辺は、下が岩礁のはずだ」僕はノブに言った。

葉山沖の海底はかなり複雑だ。砂地があり、そこに岩礁地帯が点在している。もちろんアワビやサザエは、岩礁地帯にいる。

僕は、船のクラッチを中立(ニュートラル)にした。やがて、船が海上で停止した。

ノブが、箱メガネを持った。木製の小さな箱。その底はガラス張りになっている。

ノブは、船べりから身をのり出す。箱メガネを海面につけ、海の中を見ている。やがて、うなずいた。

「そう、下は岩礁……。潜ってみる」と言った。

足ヒレと水中マスクを身につけた。船べりから、そっと海に入る。大きく息を吸い込み、体を反転させ、潜っていった。

僕は、2メートルほどのポールを船上に立て、A旗をその先に掲げた。

海上の船が掲げる旗は数多くあり、それぞれに意味がある。

青と白、ツートンカラーのA旗は、国際的な船舶のルールで、アルファベットのAを示す。それと同時に〈潜水中、接近しないこと〉を意味する。

掲げた青と白のA旗が、初夏の海風にはためいている。僕は、目を細めそれを見上げた。

快晴、微風。彼方(かなた)の海面には、カラフルなウインドサーフィンのセイルがいくつか見える。

僕はふと、箱メガネを持った。海中をのぞいてみた。今日は海の透明度が高い。
4、5メートル下。ノブは、岩礁にへばりついている。海藻のカジメを片手でつかんで体を固定し、片手で岩礁の中を探っている。
ノブの息が続く事に、僕はかなり驚いていた。いままで何回も、ベテランの漁師が潜る手伝いをしたけれど、これほど長く息が続くのは見た事がない……。

やがて、ノブが上がってきた。船べりにつかまり、息を整えている。

「岩の裏側にアワビがいる。磯鉄くれる？」

と言った。僕は、そばにある磯鉄をとり彼女に渡した。ノブは磯鉄を手に、また潜っていった。

今度は、20秒ほどで上がってきた。かなり大きなアワビをつかんでいた。岩の裏側から磯鉄ではがしてきたらしい。僕はそれを受け取り、クーラーボックスに入れた。


「ご飯、これしかない……」ノブがつぶやいた。

潜りはじめて1時間半。昼飯時だった。ノブは小型のクーラーバッグから、おにぎりを2個とり出した。その1個を僕に渡し、〈これしかない……〉とつぶやいた。自分の昼飯に用意したおにぎりが2個。その1個を僕に渡したのだ。

「まあ、いいよ。早めに上がって何か食いに行こう」

と僕は言った。すでに、大型のアワビを3枚獲った。あと1、2枚で今日は充分だろう。


5月にしては強い陽射しが海面にはじけていた。

ノブは、周囲を見回す。A旗を掲げているので、近づいてくる漁船も釣り船もいない。

それを確認してノブはウエットスーツを脱ぎはじめた。少し苦労してウエットスーツを脱いだ。ワンピースの競泳用水着になった。潜るときはともかく、船の上ではウエットスーツを身につけていると暑いのだろう。

ウエットスーツを脱いでワンピースの水着になってしまうと、誰が見ても女の子だとわかる。

そこで、周囲にほかの船がいないのを確かめて水着姿になったらしい。

窮屈なウエットスーツを脱いだノブは、ほっと息をつく。水筒の麦茶を飲みおにぎりを食べはじめた。

僕は、彼女の体をじろじろ見ないようにしていた。恥ずかしがるに決まっている。けれど伝馬船の上は狭い。ノブの姿は、嫌でも視界に入ってしまう。

全身、ココアのようにうっすらとした褐色。肌が10歳の少女のようにすべすべとしている。

ほっそりとした腕や肩。胸の膨らみも小さ目。

ただ、海に潜る生活を送ってきたらしいので、太ももにはかっちりとした筋肉がついている。野性的ともいえる太ももだった。左の膝に小さな疵痕がある。

僕はなぜか走る馬の姿を連想していた。サラブレッドではない。西部劇などで荒野を駆ける馬。その脚の逞しくしなやかな躍動感を彼女の太ももに感じていた。

僕は、彼女から視線をはずす。青い空を眺めた。3、4羽のカモメと1羽のトビが、微風に漂っている。


「どうした……」僕はノブに訊いた。

彼女が何かもじもじしている。やがて僕にもわかった。

「オシッコ?」と訊くと、頬を赤くしてうなずいた。

「かまわないよ、しちゃえば」僕は言った。たぶん海に入ってするんだろう。

僕らだって、波乗りをしている最中には海に浸かったまま用を足す。海に出っ放しのサーファーの多くは、ウエットスーツや水着をつけたまま、海の中で小用を足すのだ。女性サーファーでも……。

僕は、それをさらりとノブに言った。彼女はうなずく。やがて、水着のまま船べりから海に入った。片手で船べりにつかまっている。どうやら用を足している……。

僕は、視線をはずす。青空に湧き上がっている白い雲を見上げた。

そうしているとき、ふと思い出していた。

突然、海がシケたあの日。磯にしがみついていたノブを助けた。僕の家で、熱いシャワーを浴びさせた。

その後、彼女が居眠りをはじめたので、僕はウエットスーツや水着を洗ってやろうとした。彼女が脱衣所に脱ぎ捨てたものを真水で洗おうとした。

それをたまたま見たノブが、ひどくあわてて、僕の手から水着などを引ったくるようにした。

そのまま水着やウエットスーツをつかんで走り去って行った……。

あの理由が、なんとなくわかった。

あるとき、ベテランの女性サーファーが言っていたのを思い出す。

〈泳ぎながら用を足したって、ぜんぜん大丈夫よ。水着やウエットがオシッコ臭くなるなんてないわ。だって海の中だもの〉と……。

けれど、ノブはどうも違った。

あの日ずっと海で潜っていたノブは、たぶんその途中で用を足しただろう。

そして、脱衣所に脱ぎ捨ててあった水着を僕が洗おうとしていたとき、あわてて引ったくった。

それはノブの思い過ごしだけれど、自分が脱いだ水着がオシッコ臭いのではと、あわてたらしい。

僕は、かすかに苦笑していた。そこには、16歳の少女らしい潔癖性と羞恥心が感じられた。ちょっと過敏すぎるようにも思えるけれど……。

その過敏さの理由は、後あと知る事になるのだが、そのときの僕は、ただ少し、くすぐったい気分になっていた。

見上げる初夏の空。ソフトクリームのような白い積乱雲が湧き上がっていた。

「悪くない」と川島。その大きなアワビを手にとって言った。

午後3時過ぎ。僕とノブは、漁を終えていた。家でシャワーを浴び、着替えて、〈潮見亭〉に行ったところだった。

敏夫は店を空けていたが、料理人の川島がいた。僕は、ノブが獲った4枚のアワビを川島に見せた。ノブは、店のすぐ外で待っている。ぼんやりと、あたりを見回している。

川島は、一番大きなアワビを手にとり、〈悪くない〉とつぶやいた。そして、

「これは、あの子が？」

「ああ……」僕はつぶやいた。店には大きなガラス窓があり、外にいるノブが見える。綿のトレーナーを着て、ジーンズをはいている。

川島はしばらく窓越しにノブを見ていた。目を細めノブを見ている……。やがて僕に視線を戻した。

「そうか……。彼女が獲ったのか……」と言った。

「……彼女……」僕はつい訊き返していた。「なぜ、女だと？」

川島は、また窓からノブを見た。

「おれも、あの子が男か女か、すぐには分からなかった。でも、これで分かったよ」

と言った。手にしたアワビを見た。

「知ってるだろうけど、アワビは磯にがっちりとへばりついている。それを磯鉄ではがすのは、かなり大変だ」と川島。

「男の漁師はそれを力ずくではがすから、アワビに細かい傷をつけちまう。けど、こいつには傷がほとんどない。それで、すぐにわかった。これは女の潜り手がていねいに獲ったものだと」

そう言い、また店の外にいるノブを見た。「ボーイッシュに見えるけど、女の子なんだな……」とつぶやいた。

そのとき、やはり……と僕は感じた。この川島という料理人はただものじゃない。その経験も洞察力も……。

そして、ばれたものは仕方ない。

「そうなんだけど、あの子が女だって事は、しばらく伏せておいてくれないか」

と言った。川島は少し考え、うなずいた。

「あの年で、これほど一生懸命に漁をするには、何か事情があるんだろう……。女の子だって事は、とりあえず胸にしまっておくよ」

その15分後。僕とノブは、町内にあるファミレスにいた。

晩飯にはまだ早い時間なので、店は空いていた。遅い午後の陽射しがテーブルに差している。

昼がおにぎり1個ずつだったので、腹が減っていた。

ノブはメニューを開いて見ている。真剣な表情……。やがて、彼女はハンバーグにすると言った。僕はスパゲティに決めた。ウエイトレスを呼ぼうとした。向かい合ってるノブに、

「飲み物は？　ドリンク・バーとか……」と訊いた。ノブがメニューから顔を上げた。しばらく無言……。かなり恥ずかしそうな表情。小さな声で、

「……ドリンク・バーって？」と訊いた。

僕は、しばらく無言……。やがて、胸の中でうなずいていた。

伊豆半島では有名な観光地、下田に行った事がある。が、下田の町にファミレスはなかった。マグロで有名な三浦半島の三崎にもファミレスはない。

そんなものだ。日本全国が東京や湘南だと思ってはいけないのだろう。僕は、ノブにさりげなくドリンク・バーについて説明しはじめた。

やがて、ノブはドリンク・バーに歩いて行った。けれど、その使い方がわからないらしく、ドリンク・バーの前でおろおろとしている。頬を赤くして、僕の方を見た。

仕方ない……。僕はシートから立ち上がった。ドリンク・バーの使い方を教えはじめた。


「これでいい？」と雅子。仕掛けを持って言った。

土曜日。午後の1時。僕と彼女は、海の上で釣りをはじめていた。

船は、うちの伝馬船。水深15メートルほどのポイントに錨（アンカー）をうっていた。海底は砂地。狙いは白ギスだ。

エサは、ジャリメ。いわばミミズのようなものだ。たいていの女性は、それに触れられない。けれど、雅子はジャリメを平気で手にとり釣り針に刺した。子供の頃に、父親と釣りをしたというのは、本当だったらしい。

「それでオーケー」僕は言った。彼女は、仕掛けを海に入れた。

白ギスは、そこそこ釣れた。1時間半で10匹ぐらいは釣れただろうか。次つぎとクーラーボックスに放り込む。

「天ぷら、いけるわね」

彼女が言ったときだった。竿先が、思い切り引き込まれた。竿先が、海面の中に突っ込む！「立てて！」僕は叫んだ。雅子が、竿を立てる。が、竿は丸く曲がって震えている。

白ギスではない。何か大きな魚が喰いついた……。

14　人生のすべり止め

「落ち着いて」

と僕。静かな声で言った。雅子はうなずき、竿を握りなおした。

彼女は、両手に力を込める。けれど、リールのスプールが逆転して釣り糸（ライン）がじりじりと引き出されていく……。

「出し切られないよ。大丈夫」僕は言った。

1分ほどして、糸を引き出されるのは止まった。

「ゆっくり巻いて」と僕。彼女は小さくうなずく。リールを巻きはじめた。力を込め、ゆっくりだけど巻いていく……。

「これ、何……」リールを巻きながら彼女が訊（き）いた。

「ホウボウ、マゴチ、あるいはヒラメ」

僕は言った。白ギスと同じ深さの砂地でかかる魚で、このぐらいの大きさならその三種類だろう。雅子は、じりじりとリールを巻いていく……。顔が紅潮している。2分、3分、4分……。そこで、

「もうダメ、代わって」と彼女。

僕は、うなずく。釣り竿をつかむ。代わりに巻きはじめた。同じペースで確実に巻いていく……。さらに、3分……。

「そろそろかな」僕は言った。海面を覗き込む。やがて、海中に魚の影……。

「マゴチ」と、つぶやいた。かなり大きなマゴチだった。

あまり無理は出来ない。道糸は3号。そこそこ太い。けれど、先端のハリスは、白ギス用なのでかなり細いのだ。

やがて、海面にマゴチが上がってきた。僕はもう玉網を片手にしていた。魚の動きに注意しながら、素早くすくい船に上げた。1キロ以上ありそうだ。

「釣れた！」と雅子。

「ラッキーだな」僕と彼女は、拳でタッチした。

「これ、お刺身?」と雅子。髪を拭きながら、僕の手元を覗いた。

夕方の5時過ぎ。彼女の部屋。

港から彼女の車で帰ってきた。僕は先にさっとシャワーを浴びて、マゴチをさばきはじめた。その間に彼女がシャワーを浴びている。

バスルームから出てきた彼女は、濡れた髪を拭きながら、まな板の上を覗き込んで〈お刺身?〉と訊いたのだ。

「刺身というか、洗いだな」包丁を使いながら、僕は言った。薄い刺身にしたものを、氷水につけて身をしめる。マゴチの料理法としては、ベストだろう。

僕は、薄く削いだマゴチの白身を、氷水に放り込みはじめていた。


「申し訳ないけど、これ塗ってくれない」と彼女が言った。手にアロエ・ジェルのチューブを持っている。

マゴチの洗いはでき、テーブルに出したところだった。

「曇りだから油断してたわ」と彼女。確かに、彼女はタンクトップで釣りをしていた。その肩が、少し陽に灼けている。白い肌が、うっすらとピンク色になっている。

僕は椅子にかけた彼女の後ろに立ち、肩にアロエを塗りはじめた。

そうしていると、濡れた髪からシャンプーの香りが漂ってきた。ちょっと微妙な気分になる……。

「きれい……」

彼女がテーブルの上を見て声を上げた。

大きめの皿に、マゴチの洗いを盛りつけてある。途中で買ってきた浅葱（あさつき）を刻んで散らしてある。半透明の白身と、浅葱の緑が確かに美しい。彼女が、冷えた白ワインを出してきた。グラスに注ぐ……。

僕らは、飲み食いをはじめた。マゴチの白身は、ほどよい歯ごたえがあり、同時に上質な甘みが感じられた。品格のある味わい……。

「逗子で育ってても、こんなの初めて食べたわ」と彼女。ポン酢をつけたマゴチを口に運ぶ。そして、ワインをぐいと飲んだ。

「はい」と彼女。新しいワインを僕のグラスに注いでくれた。二本目のワインだった。

かなりペースが早い。まだ、マゴチの洗いは半分ぐらいある。

彼女は、苦笑しながらつぶやいた。その頰は、桃の花のような色に染まっている。

「弱くはないと思うけど、今週はやっかいな患者さんが多くて……」

「酒、強いんだ……」僕は言った。


やがて、二本目のワインもそろそろ空になろうとしていた。

「これ、ちょっとうるさいわね」彼女は言った。あまり大きなボリュームではないけれど、ロックのCDをかけていた。

彼女は、立ち上がる。部屋の隅にあるミニ・コンポに歩いて行く。そして、違うCDを入れた。そしてテーブルに戻ってこようとしたとたん、体がふらついた。

僕は、さっと立ち上がる。彼女の体をささえようとした。僕と彼女は、そこにあるソファーに倒れこんだ。

「ごめん……ちょっと酔っ払っちゃった」彼女がつぶやいた。


その3分後。僕らは、ソファーにいた。彼女の頭が、僕の肩にのっている。聞き覚えのある曲が流れている。

「これって？」

「ビー・ジーズよ」彼女が言った。なるほど……確かに聞いた覚えがある。ＣＤの３曲目が流れはじめたとき、

「あなたが羨ましい」彼女が、そっとつぶやいた。

「……どうして……。おれは単なる漁師の息子で……」と僕。

「そういう事じゃなくて、あなたのピュアさが、羨ましい」

「ピュア？」

「そう。さっき、マゴチがかかったでしょう？　あのとき、リールを巻いてるあなたの表情って、本当に少年だった」

「少年か……」

「そう。この前も言ったけど、あなたの目の中には十代でしか持ち得ないような光があるの」

彼女は言った。そして、ふっと息をはいた。「そんなあなたが羨ましい……」

「……つき合ってる人がいるの」彼女が、ぽつりと言った。僕は、それほど驚かなかった。彼女は美しい。知的でもある。彼がいない方が不自然だろう。

「その人は？」

「同じ医大に通ってた人で、一歳年上。穏やかな性格で、すべてにバランスがとれた大人」

僕は、うなずく。

「その人は、もちろん医者に？」

「そう。いまは大船の病院に勤務してる。お父さんが、藤沢で内科を開業してて、いずれはそこを継ぐと思う」彼女は言った。

「結婚を考えてるとか？」

「彼はそう考えてると思う。私は、まだ未定かなぁ……」

「未定……」

「そう」

ビー・ジーズが、静かなバラードを歌いはじめた。

「……私、ずるいんだと思う」ぽつりと彼女がつぶやいた。

「ずるい？」

「そう……。これから先も、自分が心療内科の医師としてやっていけるか、不安があるの。緊張で診療中にトイレで吐く事もあるし、あなたと同じで、眠れない夜もあるわ」

　へえ……。僕は胸の中でつぶやいた。

　いつか彼女が言った言葉を思い出していた。〈私たちが生きてる世の中って、一種の戦場〉。彼女もまた、そんな戦場で生きているのだろうか……。

「でね……もし医師としての自分に限界がきたと思ったら、彼と結婚してもいいかなと思ってるの、内心……」と彼女。苦笑い。「それって、ずるいわよね」

　僕は、無言……。

「ほら、学校を受験するとき、志望校とは別にすべり止めで受けておくってあるじゃない」

「ああ……」

「私にとっての彼は、それに似てるかもしれない。人生のすべり止め……」

　そう言って、自嘲的に笑い、「そんな、上手に生きようとしてる自分がすごく嫌だなぁ……」と彼女は言った。

「年が違うと言ってしまえばそうなんだけど、上手に生きるなんて考えた事もなさそうなあなたが羨ましいの。友人の死について真剣に悩んだり迷いを感じたりしてるあなたが、すごく眩しい……」

彼女は、淡々と言った。窓の外では、かすかに波の音が聞こえていた。

気がつくと、二人の頬が触れあっていた。彼女の頬は熱かった。たぶん僕の頬も熱を持っている。やがて、唇と唇が軽く触れ合う。短いキス、1秒、2秒……。そして長めのキス、4秒、5秒、6秒……。

彼女の唇はしっとりとして、キスが上手だった。お互いの息が熱くなっていく……。

やがて、唇を離す。

彼女は立ち上がった。一瞬、体が軽くふらついた。けれど、その後はちゃんとした足取りで、ドアを開け隣りの部屋に入っていった。ドアは半開き……。

そこは、まず間違いなくベッド・ルームだろう。

さあ、どうする……。僕はしばらく考えた。

彼女には、つき合っている相手がいるという。その事は気になった。けれど、そんな事より生理的な欲求の方が勝った。まして、彼女は29歳の大人なのだ。

〈オーケー……〉。僕は胸の中でつぶやき、立ち上がった。心のギアを〈中立(ニュートラル)〉から〈前進〉に入れた。

ゆっくりと隣りの部屋に入っていった。

やはりベッド・ルームだった。枕元の小さなスタンドに明かりがついている。

彼女は、ベッドに横たわっていた。淡い明るさの中でも、下着のショーツしか身につけていないのがわかった。

15　応答なし

暗くもない。明るくもない。絶妙な明るさだった。

そして彼女はショーツだけは身につけている。もしかしたら、それを脱がせるプロセスだけは相手のために残して……。そうだとしたら、やはり大人だ。心の隅でそう思った。

〈大丈夫、まだ冷静だ〉

ネルシャツやジーンズを脱いだ。ボクサーショーツだけになる。彼女の隣りに滑り込んだ。

彼女の頭が僕の胸にもたれかかる。あらためて、キス。3秒、4秒、5秒……。唇を離すと、僕は訊いた。

「これも、治療のひとつ？」

彼女は、そっと首を横に振った。

「まさか……」と言う声が少しかすれている。僕は、彼女の肩を抱き寄せた。そのバストに口づけをした。彼女の体がかすかに震えた。香水らしい匂いが鼻先をかすめた。

〈優しく、優しく、大人っぽく……〉僕は、胸の中でつぶやいた。

僕は、薄いブルーのショーツに手をかけた。彼女が腰を浮かせて脱がすのに協力してくれた。僕の手が、彼女のウエストラインからヒップをそっと撫でた。彼女が、大きく息を吐いた。

そのとき、僕は気づいた。自分の下半身が静かなのに……。


どうした……。

僕は、胸の中でつぶやく。彼女のヒップあたりを撫でながら……。

こんな状況になれば、絶対に勃起するはずなのに。

やばいな……。そうつぶやく。さらに彼女の体を撫でる。彼女の呼吸が少し早くなった。その手が、僕のショーツの上からあそこを撫でた。

〈応答せよ！〉僕は、船舶無線で叫ぶように自分のあそこに声をかけた。心の中に冷や汗がどっと流れる……。

やがて、彼女の手が、僕のショーツに入ってきた。あそこを探る……。細い指が、触れた。けれど、反応はしていない。静まり返っている。応答なし……。

「ごめんなさい。つき合っている人がいるって言ったのが、気になった？」

彼女が小声で言った。20分後。僕らは、まだベッドで体を寄せ合っていた。

「いや、たぶん緊張してるんだ。こっちこそ、ごめん」

僕は言った。〈最悪……〉と胸の中でつぶやく。彼女はどこまでも大人だ。いっそのこと〈このインポ！〉とでも罵（ののし）って欲しかった。その方が楽なのに……。ときに優しさは残酷……。僕は天井をじっと眺めた。

リビング・ダイニングからは、もうビー・ジーズは流れていない。ただ、逗子海岸からかすかな波音が聞こえている。

「テレビ？」

僕は、ノブに訊き返していた。夕方の5時過ぎ。僕の家だ。

雅子の部屋で大失態をやらかしてから2日。心のダメージはまだ癒されていない。僕はぼんやりと、ポテトチップスをつまみながらビールを飲みはじめていた。

そんなところへ、ノブがやってきた。もじもじした様子で、

「あの……」と言った。そして、「よかったら、テレビ見せてくれない？」

と言い、相変わらずもじもじしている。

「テレビ？　いいけど……」

僕は言った。ノブの家にテレビがないのは知っている。いまは、夕方。ニュースでも見たいのだろうか。僕はテレビのリモコンをノブに渡した。

彼女は、テレビとBSチューナーをつけた。僕がBSでスペイン・サッカーを見ていたのを彼女は知っている。けれど、なんでBS……。

やがて、5時半。ノブが選んだBSのチャンネルが、アニメを放映しはじめた。それは、あの『赤毛のアン』だった。

僕は、十代の頃、本を読まない子ではなかった。

家が魚を獲る仕事をしているので、それに関した物はよく読んだ。『老人と海』をはじめとするヘミングウェイの作品。メルヴィルの『白鯨』などなど……。

そんなとき、女友達から、一冊の本を勧められた。

高校二年の秋。水泳部に入っていた女友達が、

「これ、いいわよ」と言って、かなり厚い本を渡してくれた。それが『赤毛のアン』だった。

もちろん、有名な作品なのでその存在は知っていた。おまけに、貸してくれた彼女は1カ月前に初体験した相手だった。

僕は、『赤毛のアン』を読みはじめた。作者は、カナダの女流作家、モンゴメリ。100年以上前に書かれた、カナダが舞台の小説だ。

主人公のアンは、赤毛でソバカスのある少女。生まれてすぐに両親が亡くなり、孤児として育った。

11歳のとき、アンは、さむざむとした孤児院からプリンス・エドワード島に引き取られてくる。

プリンス・エドワード島は、かなり大きな島らしい。美しい森や小川が、物語の主な舞台になっている。作品では、その島の四季がていねいに描かれていた。

読みはじめた頃は、アンの饒舌（じょうぜつ）な台詞（せりふ）がやたら長く書かれていて、かなり苦労した。けれど、読み進んでいくうちに、アンや、彼女を引き取った初老の兄妹（きょうだい）に感情移入

しているのに気づいていた。

不遇な状況で育ちながらも、けなげに生きていくアン。皆に愛される存在へと成長していく……。

そして、痩せっぽちでソバカスだらけだった少女は、皆に愛される存在へと成長していく……。

最初は、子供向きの物語だと思っていたけれど、読み終わる頃には、そんな先入観が消えていたのを覚えている。


テレビに映っているアニメは、日本のものらしい。

それも、かなり前に作られたようだ。いまどきのアニメと比べると、言ってみれば素朴な出来だ。けれど、その素朴さはこの物語に合っているようにも、感じられた。

ノブは、両膝をかかえじっとテレビを見ている。

「これ、再放送？」訊くと彼女はうなずいた。

「テレビガイドとか持ってるのか？」

僕は訊いた。ノブは首を横に振った。ポケットから紙切れを取り出して見せた。それは、新聞だった。テレビ番組欄のページをちぎってある。

「新聞……」僕はつぶやいた。この子が新聞をとってるとは思えない。すると、

「ゴミ出し場から、ちぎってきた」

とノブは言った。僕は苦笑した。通りの角に、ゴミ出し場がある。そこに束ねて出されていた新聞からちぎってきたらしい。

しゃがみ込んで真剣に古新聞をあさっているその姿を想像して、また苦笑い……。


アニメは、ストーリーの初めの頃をやっている。

孤児院から、本来は男の子を引き取るはずだった初老の兄と妹。

けれど何の手違いか、やってきたのは赤毛の女の子、そこのシーンをやっている。

画面を見ているノブ。その真剣な横顔を眺めていたとき、ふと気づいた。

もしかしたら、彼女にとって、これは自分の物語なのかもしれない……。

ノブの両親は、彼女がまだ一歳にもならないうちに事故で亡くなり、彼女はおばさんに引き取られた。

その状況は、アンの生い立ちと重なっているようだ。それだから、この物語がひとごととは思えなくて……。

その想像は、あまり外れていないように感じられた。僕は少し複雑な思いでノブの横顔を見つめていた。

やがて、30分のアニメは終わった。

僕は、テレビ画面にBSの番組表を出してみた。『赤毛のアン』は毎週、月、水、金曜のこの時間にオンエアーされているらしい。

「この本、読んだ事あるのか？」訊くとノブはうなずいた。

「このアニメは？」

「中学生の頃に見た」と言った。以前に見たものを、また見ている……。やはり、この子にとっては特別な意味があるのだろう……。


「焼きソバ？」訊くと、うなずく。ノブは、かなり大きなキャベツを取り出していた。テレビを見せてくれた礼に焼きソバを作ってくれるらしい。彼女は、包丁でキャベツを切りはじめる。自転車で農家に行き、キャベツを買ってきたという。

「すごく安くしてくれた」とノブ。

葉山も少し山側に行くと、ぽつりぽつりと農家がある。そんな農家の人も、質素というよりみすぼらしい服装の少女に、安く売ってくれたのかもしれない。

「いま頃のキャベツは美味しいから……」とノブ。包丁でキャベツを切りながら言った。確かに。いまの春キャベツは甘味があり美味(うま)い。

「肉はなしか」

僕が言うと、ノブは頬を赤く染めてうなずいた。焼きソバができた。けれど、豚肉は入っていない。どうやら肉は買えなかったらしい。

「まあ、いいや。いただきます」

僕は微笑しながら言った。〈いただきます〉を言うのは寮生活のくせだ。キャベツは甘く柔らかく、少なくともカップ焼きソバよりはましだった。部屋に焼きソバのいい匂いが漂っている。

「そういえば、アワビ獲りは？」

僕は訊いた。彼女は、この2日ほどアワビ漁に出ていない。

「生理だったから……。でも、明日(あした)は行く」とノブ。焼きソバを口に運びながら言った。

僕は、少しドキリとしていた。16歳の女の子に生理があるのは当たり前だ。けれど、あらためてそう言われると……。

上手にはぐらかしたりせず、ずばり〈生理〉と言ってしまうところは子供っぽい。

田舎育ちらしいとも言える。

そして僕は、あえて、ノブのボーイッシュであどけない面だけを見ようとしているのだろうか……。彼女はまだ子供だと思い込みたいのだろうか……。

僕は少しとまどったまま、黙々と焼きソバを食べる。


2日後。午後3時。

「そうか……この手があったか……」ノブの家の庭。その片隅に立ち、僕はつぶやいた。

16　海辺のアン

その日、海は透明度が高かった。アワビ漁は好調で、7枚が獲れた。

〈潮見亭〉で使うのは、いまのところ日に4枚ほどだ。

「あとの3枚はどうする？」と僕。ノブは、

「燻製にする」と言った。そのために、ドラム缶の燻製機を作ってあると言う。

僕らは、庭の片隅に行った。そこには、例のドラム缶があった。僕と彼女が出会った頃に、ノブが穴を開けていたやつだ。それが燻製機なのだという。

〈アワビを燻製に……〉と聞いた僕は、〈そうか……この手があったか……〉とつぶやいた。

魚介類は、生より蒸したり焼いたりした方が美味くなる事も多い。たとえばアワビ

の刺身をありがたがる客はあまり味がわかっていないと思う。あの川島は、アワビをワイン蒸しにして客に出しているという。

そして、薫製はどうなんだろう……。


ノブはもう、準備をしている。

ドラム缶の蓋(ふた)をとった。すると、中には金網があり、材料を並べて置けるようになっていた。このために、ドラム缶の横っ腹に穴を開ける必要があったらしい。

ノブは、その金網に3枚のアワビを並べ、蓋を閉じた。

ドラム缶の一番下には、横穴が空いている。

そして、そばには木が積んである。どこかで拾ってきたような木片だった。かなりの量があった。ノブは、その木片をいくつか、横穴からドラム缶に入れた。丸めた新聞紙にマッチで火をつけ、突っ込んだ。

やがて、木片が燃えはじめた。ドラム缶のあちこちから、白い煙が漏れはじめた。

いわゆる薫製用のチップなどではなく、適当な木片で薫製にするらしい。

「アワビを薫製にするのは、どこで覚えた？」

「西伊豆で……」とノブ。さらに木片を足しながら説明する。

　西伊豆にある小さな海岸町で、アワビを獲っていたノブ。そのアワビは、おばさんが運転する軽トラックで、土肥(とい)温泉の旅館や、下田のホテルまで運んでいたという。

「でも、生だと持ちが悪いから、よく薫製にしてた」とノブは話した。


「アワビを薫製に？　あの子が？」

　と川島がつぶやいた。僕が、生のアワビ4枚を届けたところだった。川島は、〈薫製〉と聞いて少し驚いた表情をしている。僕は、彼の横顔を見た。

「……いや、昔仕事をしてた店でも、アワビの薫製を出してたもので……」と川島。

「昔の店？」僕はふと訊(き)いた。川島は、小さく首を横に振った。苦笑い。

「いや、ずっと昔の事だ」とだけつぶやいた。僕を見て、

「その薫製ができたら、すぐに持ってきてくれないか」と言った。僕は、うなずく。

ノブによると、薫製には7、8時間かかるという。

「持ってくるのは、明日(あした)だな」と僕。


　ノブの家に戻る。ドラム缶からは、相変わらず白い煙が上がっていた。夕方の陽が

庭に射している。が、そこに彼女の姿はない。

彼女は、僕の家にいた。

彼女は、テレビで、『赤毛のアン』のアニメを見ていた。ちょうど、はじまったところらしい。僕には気づかず、両膝をかかえて、くい入るように画面を見ている。

まだ物語の初め。プリンス・エドワード島の家に引き取られたアンは、孤児院に追い返されそうになっていた。

けれど、引き取った初老のマシューとマリラが、おしゃべりだが無邪気で明るいアンに、愛情を持ちはじめる。

やがて、〈この家にずっといていい〉とアンに告げる。アンを引き取る決心をした初老の二人。安堵するアン……。そのシーンを放映していた。

ふと見れば、ノブの頬が濡れている。涙が、ひと筋、ふた筋……。頬をつたっている。

僕は、そっとしておく事にした。同時に思っていた。

赤ん坊だったノブが引き取られた西伊豆の家。そこを出てきたのには、どんな理由があったのだろう。

家を出てきた……。あるいは、出てくるしかなかったとすれば、それはなぜか……。

こんな貧しさに耐え、ただ一人で暮らしているのには、どんな事情があるのだろうか……。

僕は、彼女の斜め後ろから、じっと見つめていた。ふと、〈海辺のアン〉などという言葉が頭の隅をよぎる。

やがて、ノブの頰をつたった涙が、ひと粒、ぽとりと陽灼けした膝に落ちた……。

「これか……」

と川島。ノブが仕上げたアワビの薫製を見た。

午前11時の〈潮見亭〉。その厨房だ。やがて、川島はアワビの薫製に包丁を入れた。厚さ5ミリほどにスライスした。その1枚を口に入れた。ゆっくりと嚙む……。5秒、6秒、7秒……。

「なんだ、これは」と口に出した。一見、不機嫌な表情に見えた。近くにいる敏夫が、アワビと川島の顔を交互に見ている。川島は、また薫製のスライスを1枚、口に入れた。さらにゆっくりと嚙んでいる。8秒、9秒、10秒……。

「なんなんだ……この風味の濃さは……」

と、うめくように言った。じっと何か考えている。やがて前掛けをとって、放った。

「あの子は、家にいるか？」と訊いた。僕は、うなずく。今日の海にはかなり波があり、アワビ漁はなし。ノブは家にいる。

「あの子に訊きたい事がある」と川島。

「家に案内してくれ」と僕の背中を押した。店を出ていこうとする。

「ランチの営業はどうするんだ！」と敏夫。厨房では、アジフライの準備をしていたようだ。

「あんたがやっといてくれ。フライぐらいできるだろう」川島は言った。僕の背中を押しながら、店を出ていく。


ノブは、庭にいた。ドラム缶のところにいた。ドラム缶の中から、木片の燃えカスを掃きだしている。

薫製を作った後片付けをしているらしい。その頬には、燃えた木片のススがついている。

「これで、薫製にしたのか……」と川島。ドラム缶を眺めている。ノブは、不思議そうな顔をしている。やがて、川島はノブと向かい合う。

「私は川島という者だ。……この薫製を作ったのは君だな」ノブが、ぽかんとした顔でうなずいた。

「薫製のチップには何を使ったんだ。桜の木か？　楓の木か？」と川島が訊いた。ノブは、むぞうさに積んである木片を指さした。

「これ」とだけ言った。川島はそれを眺め、「この木は、どこで？」と訊いた。

「近くで拾ってきた」ぽつりとノブが言った。

「拾ってきた木……」川島がつぶやいた。あらためて、その木片とドラム缶を見ている。

そのとき、携帯電話の着信音。川島のものだった。

彼は、ポケットからスマートフォンを出す。相手を確かめて電話に出た。僕らから少し離れて、話しはじめた。しかも英語で話しはじめた……。

不思議だった。髪は短く刈り、いかにも職人かたぎの料理人。そんな感じの川島が、英語で話している。しかも、かなり早口で流暢な英語に感じられた。それが不思議だった。

3、4分話して、通話は終わった。川島は、スマートフォンをしまった。
あらためて、ドラム缶を見た。そして、ノブに視線を送った。

「ずっと、このやり方でアワビの薫製を？」と訊いた。ノブは、うなずいた。川島は、

「わからない……どうしてなんだ……」とつぶやいた。僕らを見る。

「私は、35年間、料理人をやってきた。主に魚介類を扱ってきたよ。アワビもよく料理してきた。だが……」とそこで言葉を切った。ひと息……。

「だが、こんな濃い風味を持ったアワビの薫製は、正直言って初めて出会った……」

川島は、ノブと向かい合う。

「アワビを薫製にする前に、何か下ごしらえは？」と訊いた。ノブは、首を横に振った。

「何も……」と答えた。川島は、僕を見た。

「確かに……。薫製にする前には何もしてなかったよ」僕は言った。川島は、軽くため息をついた。「何のヒントもなしか……」と言い腕組みをした。

「頼みがあるんだ」と川島が口を開いた。ノブを見る。

「今後、獲れたアワビはすべて薫製にしてくれないか」と言った。さらに、

「その薫製は、すべて買いとるよ。1枚4500円で」

ノブが、驚いた顔をしている。生のアワビは1枚3500円で買い取っている。それより、1000円も高い。

「こんな薫製が出来る理由は、まだわからない。が、これだけ濃厚な風味を持つ薫製は、どこにもないだろう。料理人としての私の勘だが、これは特別なメニューになりそうな気がする」と川島。「絶対、よそには売らず私のところに持ってきてくれないか」と言った。


僕とノブは、顔を見合わせていた。川島が帰っていった5分後だった。

「悪い話じゃないな」と僕。ノブもうなずいた。その頬に、灰色のススがついている。

僕は、右手でそのススをぬぐってやる。

「あ……」とノブ。頬を少し赤くした。僕は、そっとノブの頬をぬぐってやった……。

そして、

「そういえば、彼、英語で話してたな……」と僕。ノブが、うなずく。

「サン・フランシスコの人と話してた」と言った。

「サン・フランシスコ？　国際電話か……」

「そうみたい。相手も料理関係の人らしかった。川島さん、〈こっちは忙しくて〉みたいな話をしてた」とノブ。

思わず彼女の顔を見た。川島が英語で何を話していたのか、僕には全くわからなかった。なのに、ノブにはなぜ会話の内容がわかったのだろう……。

17　オーバーヒートは突然に

「もちろん、全部わかったわけじゃないわ。でも、少しはわかった」ノブは言った。

さっき川島が英語で話していた、その内容がどうしてわかったのか、それを訊いた答えだった。

「もしかして、英語が得意?」

「そういう訳でもないけど……あの本のせいかなぁ」とノブ。

「あの本?」

僕は訊いた。ノブは家に入っていった。しばらくすると、奥からボストンバッグを持ってきた。西伊豆から持ってきたのだろうか……。古ぼけて安っぽいビニールのボストンバッグ。縁側でそのバッグから二冊の本を取り出した。

一冊は、日本の文庫本。翻訳された『赤毛のアン』だった。

そしてもう一冊は英文の本。『Anne of Green Gables』。確か、『赤毛のアン』の原作だ。〈グリーン・ゲイブルズ〉は、アンが引き取られたプリンス・エドワード島にある家の名前だった。

その英文の本を、僕は手にとった。

「それは、友達が送ってくれたの」

とノブが言った。小学生の頃から仲が良かった女の子が、中二のときに引っ越していったという。父親の仕事の関係で、東京に引っ越したらしい。

「わたしがこの物語を好きなのを知ってて、その子が送ってくれたの」

友達が、東京の洋書店で買った英文の原作を、西伊豆のノブに送ってくれたという。

僕は、あらためてその二冊を見た。ページをめくる……。

文庫本の方はもちろん、英文の原作も、かなりボロボロになっている。相当に読み込んだのがわかる。英文のあちこちに、ピンクのマーカーでアンダーラインが引いてある。

「これ、全部読めたのか」

僕は原作を手にして訊いた。ノブは、かすかにうなずいた。

「日本語の文庫本があるし、わからない所は辞書で調べて……」

と言った。今度は、僕がうなずいた。この物語がノブにとってどれほど貴重なものなのか……。あらためて、それを感じていた。

僕らがかけている縁側を、海の匂いのする微風が吹き抜けていく。『赤毛のアン』の一ページが風にめくれて、かすかに揺れている。


「ん？」僕は思わずつぶやいた。船のスピードを落とした。

日曜。正午近く。森戸海岸の沖だ。

5月の末だというのに、海上は真夏のようだった。陽射しがパチパチと海面に弾けている。

この日、僕とノブは午前9時からアワビ獲りに出ていた。午前中で、すでに3枚の大型アワビを獲った。その後、潜る場所を変えるために伝馬船を走らせていたのだ。

森戸海岸の沖。一艇の白いクルーザーが錨を打ってとまっている。

僕らが乗っている伝馬は、その近くを通り過ぎようとしていた。

そのときだった。船のデッキでこっちに手を振っている女性に気づいた。もしかして知り合い？　僕は操船していた伝馬のスピードを落とす。そのクルーザーの方に近づいていく……。

やがて、気づいた。そのデッキで手を振っているのは雅子だった。

やがて10メートルまで近づいた。彼女が何か言っている。聞こえないので、さらに近づいていく。5メートルまで近づいた。

「エンジンがオーバーヒートしたの！」と雅子。「ちょっと見てくれない！」と言った。

僕は、うなずいた。伝馬船を、ゆっくりとそのボートに近づけていく。

そのボートのデッキには、雅子と男が二人いた。

ノブが舫（もや）いロープを投げると、男の一人がそれをつかんだ。伝馬船はボートに横づけ……。僕はボートに乗り移った。

ま新しい30フィートぐらいのクルーザー。船室（キャビン）があり、泊まれるようになっている。ディーゼル・エンジン二基がけだ。いまは、エンジンを止めている。

「急に左舷（さげん）エンジンのオーバーヒート・ブザーが鳴って」

と男の一人が言った。僕は、うなずいた。オーバーヒートを警告するブザーが鳴った……。

僕は、操船席のメーターを見た。左舷機の水温計が、かなり高い温度を指している。
このままエンジンを回していたら確実にエンジンは焼きつくだろう。
僕は、エンジン・ルームのハッチを開けた。
幸い、まだ焦げたような臭いはしていない……。
船のエンジンは、冷却装置が車とは違う。取り込んだ海水で、冷却水を冷やすのだ。
僕は、まず海水フィルターの金属ケースを開けてみた。取り込んだ海水のゴミなど
オーバーヒートの原因、そのほとんどが、海水の循環に何かトラブルがある事……。
を濾過するフィルター。そこは、目詰まりしていない。
となると、海水の取り込み口があやしい。
僕は、伝馬の上にいるノブに声をかけた。
「船底にある海水の取り込み口を見てくれないか」と言った。ノブには、それだけ言
えばわかるだろう。
彼女はうなずき、水中マスクをつけた。伝馬から海に入った。そして、クルーザー
の下に潜っていった。海水の取り込み口は、船底にある。
ものの15秒で、ノブは海面に顔を出した。片手にビニール袋を持っている。

「それがへばりついてたか」と僕。ノブはうなずいた。ビニール袋を伝馬の上に放った。

海水の取り込み口にビニールごみがへばりついて、ふさいでいた。日本の沿岸では、よくある事だ。そのビニールをとりのぞいたので、オーバーヒートは解決だろう。

「遠慮なく食べて」と雅子が言った。

5分後。僕とノブはクルーザーの上にいた。デッキにはテーブルがある。サンドイッチと飲み物が出ていた。

「おかげで、助かったよ。本当に遠慮なく食べて」と男の一人が言った。

「それじゃ」と僕。そのBLTサンドイッチに手を出した。ノブにも目で〈遠慮するな〉と言った。彼女も、サンドイッチに手をのばした。

「あ、こちら杉本さん。医大に通ってた頃の一年先輩なの」と雅子。男の一人を紹介した。

医大の一年先輩という事は、雅子がつき合っている彼……。たぶん間違いない。

「船を持ってまだ2カ月だから、新米キャプテンでね」

と杉本という彼。穏やかな笑顔を見せて、

「本当にありがとう」と僕とノブに言った。まったく裏表のない表情だった。

聞けば、医者仲間のもう一人と、葉山マリーナにこのボートを置いたという。

僕は、杉本を見た。雅子より一歳上ということは、いま30歳。それにしては、落ち着いた雰囲気の男だった。三十代半ばと言われても、うなずける。

中肉中背。髪は横分け。似顔絵が描きづらい顔だった。R・ローレンの半袖ポロシャツを着て、ベージュのコットンパンツをはいている。顔にはちゃんと日焼け止めを塗っているようだ。

言葉遣いも、動作も、すべてが穏やかで温和だった。雅子が言った〈すべり止め〉という言葉を僕は思い出していた。

無言でサンドイッチを食べているノブを、雅子が眺めている……。


「対決？」

思わず訊き返していた。午後3時の〈潮見亭〉。僕は、ノブが作ったアワビの薫製を持っていったところだった。客のいない店。敏夫がテーブルを拭いていた。僕の顔

を見ると、

「川島さんなら、アワビと対決してるよ」と言った。目で厨房をさした。

僕は、厨房に入っていく。そこでは、川島が調理台に両ひじをついて、考え事をしている。目の前には、昨日届けたアワビの薫製がある。川島は、僕に気づいた。

「対決って？」僕は訊いた。川島は、僕をまっすぐに見た。無言……。

「飲まないか」と川島。業務用の冷蔵庫から、ビールを出した。二つのグラスに注いだ。川島は、グラスに口をつける。

「このアワビの薫製は、確かにすごい。だから、ひさびさに緊張しててね」

「緊張……」と僕。

「この薫製に何を足したら、さらに凄い一皿になるか、いまそれを考えてるんだ」と川島。「つまり、料理人としての勝負といえるかな」と言い、一杯目のビールを飲み干した。そして、

「こんなに力が入るのは、何年ぶりだろう……」とつぶやいた。

「ところで、あの子の事だけど」

「あの子?」

「ああ、この薫製を作ってる彼女」と川島が言った。敏夫は、食材の仕込みで店から出ていったところだ。

「ノブか……」と僕はつぶやく。

「ノブっていうのか。で、彼女はいくつなんだ?」

「いま16歳。もうすぐ17になるよ」

川島は、うなずいた。何か考えている……。

「彼女は地元の子?」と訊いた。どうやらノブの事を知りたいらしい。僕は少し考えた。が、この川島は信頼ができそうな男だと感じていた。同時に、21歳の僕をガキあつかいせず、対等な視線で話してくるのに気づいていた。僕は、ビールのグラスに口をつける。ノブについて知っている事をぽつりぽつりと話しはじめた。

「なるほど、西伊豆か……」

川島がつぶやいた。ノブについて、ごくさらりと話し終えたところだった。

ノブが、男の子のようにふるまっている、それについては話さなかった。僕にも、その理由がわかっていないのだから……。

「一歳たらずで両親を亡くして、親戚の家にか……。可哀想に……」

と川島はつぶやいた。しばらく無言。目の前のグラスを、じっと見つめている……。

窓から差し込む夕陽が、グラスのふちを光らせている。店のラジオからは、湘南ビーチFMの天気予報が、ごく低いボリュームで流れていた。

このとき、川島の胸に湧き上がっていた思いに、僕はまだ気づいていなかった。


「この前は、本当にありがとう」と雅子。カンパリのグラスを手にして言った。

夕方の5時過ぎ。逗子にあるカフェだ。

僕の不眠症は、まだあまり良くなっていない。また、彼女のクリニックに薬をもらいに行った。

診療時間が終わる頃に行ったのは、わざとだ。彼女とゆっくり話せるのを期待している自分の心理は、わかっていた。

「杉本さん、ボートをはじめたばかりだから、オーバーヒートしたときは本当に助かったわ」

と雅子。僕は、〈どういたしまして〉という表情でうなずいた。

「そういえば、あのとき船底に潜ってくれた子、あなたのガールフレンド？」

雅子が言った。僕は、飲んでいたハイネケンを吹き出しそうになった。

あのとき、ノブは一言もしゃべらなかった。無口な男の子に見えても不思議ではない。なのに、なぜガールフレンドと……。

18　わたしの事は、探さないで……

「どうして、あの子が女だと……」

「一見男の子みたいだけど、よく見ればわかるわよ。ウエットスーツ着てても、微妙な体つきで」雅子は言った。

　あのとき、クルーザーの上で彼女がさりげなくノブを眺めていたのを思い出した。

「それは、医者としての観察眼？」

「それもあるかもしれないし、個人的な興味も……。あなたと一緒にいるのが弟なのか、それとも女の子なのか……」

　と雅子。カンパリ・オレンジを、ひと口。微笑して、

「で、あの子は、ガールフレンド？」と訊いた。僕は苦笑い。

「そんなんじゃないよ。隣りの家に住んでる子で、アワビ漁を手伝ってやってるだけさ」と言った。それは本当の事なので、言葉によどみはなかった。

「そっか……」と雅子。「すごくボーイッシュだけど、可愛い子ね。どうなりそう？」

「え？　そう言われても……。あいつまだガキだし」

「いくつ？」

「16」僕が言うと、雅子は腕組み。

「ちょっと微妙ね。その年頃って、個人差が大きいからね……。早熟な子も、奥手な子も、いろいろいるから……」とだけ言った。僕は黙ってハイネケンを飲んでいた。

店には今日も小野リサが流れている……。


その男に気づいたのは、日曜の午後だった。

壊れかけた塀のすきまから、ノブの家を覗（のぞ）いている。以前に見かけたのと同じ男だった。

ノブはいま、藤沢の町までTシャツなどを買いに行っている。

僕は、男に近づいていく。

四十代というところか。野暮ったいメタルフレームの眼鏡をかけている。グレーのズボンに地味な紺の上着。平べったいバッグを持っている。

僕は、やつの斜め後ろまで近づいていた。が、相手は気づかない。塀のすきまから、中を覗いている。僕は、やつの肩に手をかけた。

「ちょっと、あんた」と言った。

やつは、ふり向く。少しあせった表情。

「何してるんだ。この家に用なのか？」僕は、低い声で言った。やつの右腕を強くつかんだ。

「あ、あの……あなたは……」と、やつは気弱な口調で言った。僕の目つきが鋭かったのだろう。

「隣りの家のものだよ。あんた、なんでこの家を覗いてる」僕は、やつの腕をつかんだまま低い声で言った。

「あの……怪しい者じゃない。ここに住んでるかもしれない子に会いに……」と相手。

「住んでる子？」やつは、うなずいた。

「もしかしたら、石渡ノブって子が住んでいないかと思って」

「ノブ……」僕は、つぶやいた。

「違うかな、この家じゃないのかな……」と相手。確かに、この家には表札がない。

「もし、ここに住んでるのが石渡ノブなら？」と僕。

「……私は、高校で石渡君の担任をやってた者で……」

「担任？」

「そう。西伊豆町にある県立高校で……」やつは言った。

「……それを信じろと？」

僕が言うと、やつは持っていたバッグから1通の封筒を取り出した。

静岡県立高校の住所。〈正岡先生へ〉という宛名。

封筒の裏面には、ただ〈石渡ノブ〉とだけ書いてある。濃い鉛筆で書かれたその文字は、どうやらノブのもの……。


「そうか、元気だったのか……」

正岡というその教師は、目の前の海を眺めてつぶやいた。

僕と正岡は、うちから歩いてすぐの真名瀬の海岸にいた。砂浜に放置されている古ぼけた伝馬船に腰かけていた。日曜だけれど、曇り空。気温もやや低め。砂浜に観光客の姿はほとんどない。

僕は、正岡が出したノブの手紙を手にしていた。

封筒には、葉山の郵便局の消印。投函したのは、4月23日だ。

僕は、心の中でうなずいていた。以前、正岡がノブの家を覗いていたのは、5月初めのゴールデンウィーク最中。ノブからの手紙を受け取った正岡は、すぐここにやってきたらしい。

思い出せば、あの日はゴールデンウィーク中で祭日。今日も日曜だ。それで、西伊豆で教師をやっている彼が葉山に来れたのだろうか……。

封筒には、便箋が一枚だけ入っていた。濃い鉛筆。やや大きめでしっかりしたノブの字……。

〈正岡先生
突然、退学してしまってごめんなさい。
いまは自分が生まれた葉山の家で暮らしています。
親切な人が隣りに住んでいるので、なんとかやっています。

先生も、お元気で。

石渡ノブ〉

それだけの手紙だった。簡潔とも、素っ気ないともいえる。あの子らしいともいえる。僕は、じっとその便箋を眺めていた。

「隣りに住んでいる親切な人って、あなたの事なのかな……」と正岡が言った。

「私にとって、西伊豆町の学校で教鞭をとるのは、これが初めてだった」

正岡が缶コーヒーを手にして言った。近くの自販機で買ったコーヒーだった。

〈教鞭をとる〉などという古くさい言葉……。しかし、この正岡には似合っていた。

彼は、同じ静岡県の浜松市にある県立高校でずっと英語を教えてきたという。そして、いまから一年以上前の4月、西伊豆町にある高校に赴任したらしい。

「そこで担任した一年生のクラスに、石渡ノブ君がいたんだ」

「勉強ができた？」僕は、思わず訊き返していた。

「ああ、ノブ君は口数が少ない子だったが、成績は良かった。特に私が教えていた英語は、クラスでも上位に入る成績だった」

正岡は言った。僕は、心の中でうなずいた。あの『赤毛のアン』の原書を読んでいた事を思い出していた。もしかしたら、あれで英語が得意に……。

目の前では、さざ波が砂浜を洗っている。

「ただ、ノブ君の家は漁業をやっていて、その手伝いが大変みたいだった。漁の仕事があるのか、学校を早退する事もよくあったよ」

僕はうなずいた。

「あのまま勉強を続けていたら、大学にも進める成績だったんだが……」と正岡。

「でも、あのノブ君には事情があるみたいで」

と正岡は言った。僕を見る。「彼女の家庭の事情は、知ってるのかな？」と訊いた。

僕は、かすかにうなずいた。

「ごく簡単には聞いてるよ。ここ葉山の家で生まれたけど、赤ん坊のときに両親が事故で死んでしまい、西伊豆にいるおばさんの家に引き取られた……」

「そうだね。まあ、そんな事情があるので、私も彼女の事には注意をしてたんだが……

…」と正岡。少し苦い表情で、「そんな彼女が、突然に……」とつぶやいた。

「ノブが、急に退学を……」

僕は訊き返していた。

「ああ……そうなんだ。今年の4月、新学期がはじまり、私が担任してるクラスは二年生になった。だが、ノブ君は登校してこなかった……」

「なんの前ぶれもなく？」

「そう、新学期がはじまっても、彼女は登校してこなかった」

「ノブの家には？」

「ああ、無断欠席が3日続いたので、彼女の家に行ってみたよ。漁師をやっているあの家のお父さんは無口で意固地な人らしく、私に会ってもくれなかった。やっと、お母さんがノブ君が書いたメモを見せてくれた」

「それは？」

「わたしの事は、探さないでください。担任の正岡先生には、学校をやめると伝えてください。そんなメモだった」

「家出……」

「そう。3月の末、突然姿を消したという。身のまわりの物だけ持って……。お母さんは、困った顔をしていた」

「もし家出したんなら、警察に捜索願いとかは？」

「それは、出してないという。突然家を出ていったノブ君に対してお父さんが怒って、〈そんな必要はない〉と言ったそうだ」

と正岡。僕は、軽いため息をついた。

「いくら本当の親でないとしても、それには当惑したよ。確かに、あの夫婦にはノブ君より年下の子供が二人いる。実の娘たちが……」

僕は、かすかにうなずいた。

「しかし、お母さんにはノブ君が家出をして行った先の見当がついてるようだった」

「……それが、ここ？」

言うと、正岡はうなずいた。

「ここの住所だけは、お母さんからなんとか聞き出したんだが……」

「で、ゴールデンウィークに来てみた？」

「そう。あの子が、どうしているのか……それが心配だった」

「担任として？」

「もちろん。真面目で勉強ができる子だった。理由なく退学したり、家出したりするとは考えづらい」と正岡。「さらに、何か気になるところがあるんだ、あの子には……」

「気になる……」

19　皮パン

3、4羽のカモメが、頭上を漂っていた。
「ノブ君には、生まれ育ちに事情がある……しかし、それだけじゃなく少し気になるところがあった……」

と正岡。足もとの砂浜を見つめて言った。

「それは？」と僕。正岡は、缶コーヒーをひと口。

「まず、あの子はもともと口数が少ないんだけど、授業中、じっと外を見てる事があった。何か心の中に人に言えない秘密があるようだった……」

僕は、心の中でかすかにうなずいた。それには、心当たりがある。

たとえば、無邪気な顔でコロッケパンをかじってるとき、ふと遠くに視線をやっていたり……。その横顔には、ほんの少しだけど、ひんやりとした翳(かげ)りのようなものが感じられた。なぜか……。

わざわざ口には出さなかったけれど、そんな場面を思い出していた。

「高校生といえば、いわゆる思春期だ」

正岡が口を開いた。〈思春期〉などというやや古ぼけた言葉は、相変わらずこの教師には似合っていたけれど……。

「その年頃の生徒たちが恋愛に興味を持つのはごく自然だ。が、ノブ君は、どうも恋愛にあまり興味がないようだった」

正岡は言った。

「ノブ君は一見ボーイッシュだけど、整った顔立ちをしてる。だから、男子生徒から手紙をもらったり、つきあってくれと言われる事も多かったらしい。が、男女交際にはいたらなかったようだ」

と正岡。〈いまどき、男女交際かよ……〉と僕は苦笑い。

「まあ、真面目な子だから、それはそれでいいんだけど……あの年の子としては、少し気になる事でもあった」

正岡が、海を眺めて言った。僕も海を見てふと考える。

ノブは自分が女だというのを、出来るだけ隠そうとしている。あえて、男の子のようにふるまっている。その理由は、どこにあるのか……。いくら考えても、答えはなく、謎のままだ。

小さな波が、リズミカルに砂浜を洗っていた。


「あ、もうこんな時間か」

と正岡。腕時計を見て言った。どうやら、彼は電車やバスで来たらしい。とすると、西伊豆まで帰るには、かなり時間がかかる。彼は、立ち上がった。

「ノブ君が元気でいる、それがわかっただけでもよかった」

「まあ、なんとかやってるみたいだ」と僕。正岡は微笑した。

「私が来た事をノブ君に話すかどうかは、君に任せるよ。もし話すなら、私が心配してたと伝えてくれないか。そして、どういう事情があったにせよ、勉強を続けて欲しいとも……」

僕は、うなずいた。

「何かあったら、すぐ連絡をくれないか」と正岡。僕と彼は、携帯電話の番号を交換した。夕方近い砂浜で別れた。

それは、2日後に起きた。

その日、午前中は波があったので漁には出なかった。昼頃には波がおさまってきたので、僕とノブはアワビ漁に出た。

大潮の日で、しかも干潮。あちこちの磯が海面に出ていた。僕は、伝馬船(てんません)を芝崎(しばさき)の磯に向けた。

磯は、かなりの面積が海面から顔を出している。

「とりあえず、足が立つところでやってみる」

とノブ。こういう状況なので、潜らずにアワビを探すという事らしい。

僕は、うなずいた。伝馬を磯に近づけていく。海藻がびっしりとついている磯に船首を乗り上げた。エンジンを切った。

ノブは、伝馬から海におりる。腰ぐらいの深さのところに立った。水中マスクをつけて、水の中をのぞき込む……。

10分ほどしたときだった。ちょっとした波がきた。そう大きな波ではない。が、ノブは水中マスクで海面の下をのぞき込んでいた。波がきたのに気づかない。声をかけるのが間に合わなかった。波に押されて、ノブは体勢を崩す。ひっくり返った。

一度は、全身が海面の下へ沈んだ。だが、すぐに立ち上がる。そして、

「痛……」

と声を出した。転んだときにどこかを打ったのか……。

「大丈夫か」と声をかけた。ノブは、自分の背中の方に手をやる。「もしかしたら、ウニのトゲがお尻に刺さった……」と、しかめっ面で言った。

確かに、磯のところどころには、鋭く長いトゲのムラサキウニがへばりついている。転んだときに、そのウニの上に尻もちをついてしまったのか……。

「まずいな。船に上がれ」

僕は言った。こういう場合、ウエットスーツなどを突き抜けたウニのトゲが折れて、皮膚の中に刺さっている事がある。それを早く抜かないと、やっかいな事になる……。

ノブは、のろのろと船に上がってくる。

歩いている。「尻が痛いか？」訊くとうなずいた。
すぐさま、船を港に向けた。岸壁に着岸して、おりる。ノブは、少しへっぴり腰で
「ズキズキする？」また、うなずいた。どうやら、折れたウニのトゲが刺さっている
らしい。家が近づいてきた。

「まだ痛いか？」訊くと、ひきつったような表情でうなずいた。

「嫌？」
僕は、ノブに訊き返していた。僕の家の板の間。トゲ抜きを取り出したところだっ
た。魚をさばいて刺身にするとき、小骨を抜く事がある。そのために置いてあるトゲ
抜きだった。けれど、ノブはウエットスーツ姿のまま立っている。小声で、
「嫌……」
と言った。どうやら、トゲを抜くために尻を出すのが嫌だという事らしい。年頃の
女の子だから、それはわかる。けれど、
「じゃ、どうする」と僕は言った。「放っておいたら、手術するはめになるぞ」
それは、脅しではない。早く抜かないと、トゲが中に入っていってしまう。そうな
ると、メスで切開しなくてはならない。

「誰も、そんなガキっぽい尻なんか見たくないよ。でも、トゲを抜くしかないだろう」僕はあえて強い口調で言った。急ぐ必要がある。もたもたしていると、トゲが中に入って、抜けなくなってしまう。


やがて……ノブは仕方なくうなずいた。消え入るような声で、

「あっち向いてて……」と言った。ウエットスーツや、その下の水着を脱ぐところを見られたくないらしい。

「わかったよ」僕は答えた。彼女に背を向けた。ノブがウエットスーツのファスナーを下ろすかすかな音が聞こえた。


「まだか？」

僕は言った。もたもたしてる場合じゃない。ゆっくりとふり向いた。ノブのかたわらに脱いだウエットスーツが置いてある。ワンピースの水着姿で背中を向けている。

「ちょっと待って……」

とノブ。水着の肩に手をかけた。脱ぎはじめた。よほど恥ずかしいのか、その体が小刻みに震えている。

それでも、もそもそと水着を脱いでいく……。水着は濡れていて、手が小刻みに震えているので、脱ぐのに手間どっている。やっと、ヒップの下まで水着を下ろした。

ノブは両手で顔をおおった。

「うつぶせになって」僕は出来るだけ淡々と言った。


トゲ抜きを手に、僕はノブのそばに膝をついた。

ノブは、うつ伏せに寝ている。水着は、膝のあたりまで下ろしている。裸の背中、ヒップ、そして太ももが、いやでも目に入る。

この年頃ならではのイルカのようにすべすべとした肌。薄いココア色……。ウエストが細くくびれているので、ヒップのボリュームが目立つ、水着姿で見ていたとき以上に……。幅が広いのではなく、前後に厚みのあるヒップだった。

僕は、ふと〈皮パン〉を連想していた。それは、近所の旭屋で売っているコロッケパン用のもので、なぜかそう呼ばれている。丸っこいパンに、もともと割れ目があり、それを大きく割り開いてコロッケをはさむようになっているのだ。

ノブのヒップとその割れ目を見たとき、ふとその〈皮パン〉を連想していた。

そして、彼女のヒップから太ももにかけては、一種の逞しさと生命力を感じさせている。僕は、そのヒップに近づく。水着を脱いだばかりの湿ったヒップに片手を置く。肌の熱さを手に感じながら、刺さっているトゲを探しはじめた。

そのときだった。ふと、勃起しているのに気づいた。どうやら、心拍数も上がっている。

なぜ……。

あのマサルの自殺以来、不眠症は続いている。と同時に、一度も勃起した事がない。雅子とのきわどい場面でも、勃たずに恥をかいた。きれいな女性が裸でよりそっていたのに、下半身は応答しなかった。

なのに、いま勃起している。これは、なぜだ……。

が、そんな事を考えている場合ではない。僕は、さらにヒップに顔を近づける。刺さっているトゲを探しはじめる。

やがて、見つかった。

ヒップの二カ所。かすかに、ポツンと黒いものが見える。刺さって折れたウニのトゲ。もう少し遅かったら、トゲが肉の中に埋まってしまい、手術するしかなくなるだろう。

僕は、その事をノブに言った。彼女は、両手で顔をおおってうなずいた。その肩が細かく震えている。しゃくり上げる声。恥ずかしさからか、涙ぐんでいるらしい……。

一カ所は、左のヒップにあった。僕は、そこにトゲ抜きを近づける。

「ちょっと痛いかもしれない」と言った。ほとんど埋まっているトゲを抜くには、そばの皮膚も一緒にトゲ抜きではさむ必要がある。

ノブが小さくうなずいた。

僕は、トゲ抜きの先でそこをつまむ。力を入れてはさみ、引いた。ノブの体が、ビクッと震えたが、トゲは抜けた。1センチぐらいの、黒紫色のトゲだった。

トゲを抜いたそこに少し血がにじんでいる。

二カ所目は、少しやっかいだった。右側。ヒップの割れ目に近いところだった。そこに触れると、どうしてもヒップの割れ目を少し押し開くようになった。

とたん、ノブが小さな悲鳴を上げた。

「どうした」と僕。

「やだ、見えちゃう!」とノブ。両手でおおった顔を左右に振った。ヒップにぐっと力を入れ、割れ目を開かれないようにしている。見えちゃう……何が……。僕は少し考え、やがて気づいた。

「大丈夫、尻の穴なんか見えないよ」

と言った。それは本当の事だった。ノブのヒップは厚みがあり、割れ目が深い。けれど、ノブはヒップに力を入れ、かたくなに割れ目を閉じている。それじゃ、トゲが抜けないいじゃないか……。

「力抜けよ」

「やだやだ……」とノブ。ヒップをきつく締めている。

「大丈夫、見えないって」

僕は言った。そう言いながら、別の衝動がふと湧き上がるのを感じていた。ノブがあまりに恥ずかしがって抵抗するので、あの〈皮パン〉を大きく割り開いてコロッケをはさむときのように、彼女のヒップの割れ目を思い切り広げて、尻の穴を剝き出しにしてしまいたいという衝動だった。

けれど、その衝動はなんとか抑えた。かわりに、

「メスで切開するはめになっても知らないからな」と言った。

やがて、ノブが少しヒップの力を抜いた。僕はヒップの割れ目を少し開き、なんとかトゲを抜いた。

僕は、消毒薬を手にした。脱脂綿にそれを染み込ませる。トゲを抜いたところを、消毒してやる……。

「見えちゃった?」とノブ。

「見てないよ」と僕。

「嘘、やっぱり見られた……」

ノブは相変わらず両手で顔をおおったまま。その肩がかすかに震え続けている……。

20　男の子は、お尻が好き

その翌日だった。

「どうした、雄次」と亮一が言った。

まだ、曲がった船のペラは修理が出来ていない。仕方ないので、小型の伝馬船でアオリイカの漁をする事にした。僕と亮一は、港の片隅でそのための網を作っていた。

亮一が、ふと手を止め僕を見た。

「どうした、雄次。なんか幽霊みたいだぞ」と言った。

「相変わらず、不眠症がよくないのか。ひどくぼうっとして……」

「ああ……眠れなくて」僕は答えた。

よく眠れないのは本当だ。けれど、ぼうっとしている理由はほかにあった。ノブのヒップに刺さったトゲは抜けた。が、別のトゲが、僕の心に刺さっているのだ。鋭く長いトゲが……。


「どうしたの、雄次君」と雅子。スプモーニを飲みながら言った。

土曜日の午後だった。僕と彼女は、逗子海岸のカフェにいた。

「何かあったの？　急に呼び出すなんて」と雅子。そう、僕が彼女に会いたいと連絡したのだ。

僕らは、カフェの二階にあるオープンテラスにいた。目の前には、国道134号。その向こうは逗子海岸だ。土曜なので、ウインドサーファーがたくさん海に出ている。

僕は、バドワイザーのボトルに口をつけた。一気に、半分ぐらい飲む。やがて、雅子にこの前の出来事を話しはじめた。

ノブと漁に出ていた。そして、ノブがウニのトゲを二本ヒップに刺してしまい……。

そこで、一本目のバドワイザーを飲み干した。二本目をオーダーする。それに口をつける。

「で、あいつの尻に刺さってるトゲを抜いてやろうとした」と僕。ノブがひどく恥ずかしがりながらも水着を脱いだ。後ろ向きとはいえ全裸になった。その状況を説明する。また、バドをひと口……。

「うつ伏せになってるあいつの背中や尻を見てたら……」

「そしたら？」

「……思わず勃起してた」

僕はぼそっと言った。雅子は、からっとした笑い声を上げた。しばらく笑い続けている。やがて、

「で、そのトゲは抜けたの？」

「ああ……。一本目はうまく抜けた。けど、二本目のトゲを抜くために、尻の割れ目を少し開こうとしたら、あいつがさらに恥ずかしがって抵抗したんだ。お尻の穴が見えちゃいそうだと思ったみたいで」

「そりゃ、年頃の女の子だからねぇ……。恥ずかしがって当たり前よね。お尻の穴は一種の恥部だし……」

雅子は、苦笑しながら言った。

「でも……あいつがあんまり抵抗するんで」

と僕。そのときに感じた衝動を説明した。あの子の尻の割れ目を開いて、尻の穴を

剝き出しにしてしまいたいという衝動を……。

「女の子の尻を見て勃起して、尻の穴まで剝き出しにしたいと思うなんて……」僕はつぶやいた。

「それで、自分はアブノーマルじゃないかと思ったわけ?」

僕はかすかにうなずく。雅子は、相変わらず苦笑い。

「自分がどんな性癖を持っているのか、そのアイデンティティーが少し揺らいだのかな……」とつぶやいた。

店のオーディオから、ビーチ・ボーイズらしい曲が流れている。

雅子は、スプモーニのグラスを手にしばらく考えている……。やがて、

「〈秘すれば花〉って言葉、聞いた事はない?」と言った。

「秘すれば……花?」僕は、つぶやいた。聞いた事はない。

「それって、中世の室町時代に活躍したある芸術家の言葉なんだけど、私の父が好きでよく口にしてたわ……」

と雅子。

「その言葉は、いろいろに解釈されてるんだけど、ごく自然な解釈はこうよ。〈秘め

られてこそ、真の花である〉」

「秘められてこそ……」

　と僕。彼女は、うなずいた。

「たとえば、庭一面に華やかなバラが咲き誇っていたとする。それはそれとして、もっと人を惹きつけるものがある。それは、庭のすみ、茂みの陰、人目を避けて密かに花をつけている可憐なムラサキ露草。茂みを奥までかき分けて、そのムラサキ露草を見つけたとき、人は強烈に惹きつけられる……。まあ、そんな感じかな」

　と雅子。僕は、うなずいた。そのニュアンスはわからないでもない。

「あなたが見て、触れた、彼女のお尻は、まさにそんな〈秘すれば花〉なのかもしれない。〈秘された花〉と言ってもいいかな」

「ノブの裸のお尻が？」と僕。雅子は、うなずいた。

「……理由は謎だけど、あの子は男の子のようにふるまってるわよね。女の子だという事を出来る限り隠して……」

「ああ……」

「でも、あの年頃になれば、望む望まないにかかわらず、バストは膨らみはじめ、ヒップも発達していく……。そんな自分の体に何か強い抵抗感があって、彼女は体を隠してるように感じる。微妙な年頃の女の子だとしても、それが過敏すぎる気がするけど……」

僕は、うなずいた。以前から感じていた事だ。

「彼女の体はいわば〈秘された花〉。野性的なプロポーションをしてるし、実はきれいな体だと思うけど、それを頑なに隠しているみたい。絶対、誰にも見られたくないと……」

と雅子は苦笑し、

「だから、そんなあの子が、何かの事情で自分の体を男性の目に晒さなければならなくなったら、そのとき感じる抵抗感と羞恥心はすごいと思う」

「……あいつの尻に刺さったトゲを抜いたときの事？」

「そう……。彼女が水着を脱ぐとき震えてたって言ってたわよね、たぶん恥ずかしさで……」

「ああ……泣き出しそうになってた」と僕。小刻みに震えながら水着を脱いだノブの姿を思い出していた。

「ポイントは、そこね」と雅子。

「強い羞恥心によって隠されている、そんな〈秘された花〉だから、それを見た男性は昂ぶるのよ。大人の私だって、ときには実際以上に恥ずかしがってみせることはあるわ。それで相手が喜ぶなら」と言った。

「まして、彼女はあのとおり野性的だけど無垢な女の子で、もしかしたら男性経験がまだないかもしれない」

「たぶん……」

「そんな女の子が、恥ずかしさに震えながら裸になったとして、それで興奮しない男はまずいないと思うわよ」相変わらず微笑しながら雅子は言った。そして、

「だから、〈秘された花〉である彼女の裸のお尻を見てあなたが勃起したのは当然だと思うわ。アブノーマルでもなんでもないわよ」

僕は、うなずいた。

「……でも、そのあと、あの子の尻の穴をさらけ出してしまいたいという衝動は……」

「それも、たぶん、彼女がひどく恥ずかしがったからこそ湧き上がった衝動だと思う」と雅子。「あるいは、さらに奥に秘められた花を覗き見たいという欲求かもしれないわね」

そう言い、スプモーニをひと口。

「つまり……男の子はもともと女の子のお尻が好きなのよ」

「ちょっと専門的な話をするわね」と雅子。

「ある有名な学説によると、人の幼少期、性感や性的な興味の中心はお尻だと言われているわ」と口を開いた。

「お尻……」

「そう、主にお尻の穴ね」

と雅子。笑顔でさらっと言った。

「だから、子供の頃、男の子は女の子のお尻に興味を示す事が多い。たとえば幼稚園児の男の子が女の子にいたずらするときに、お尻をいじったりするのは、よくある事よ。心当たりがあるでしょ？」

微笑しながら、雅子は言った。

「さあ……」と僕。つぶやきながら、ふと思い出していた。

あれは小学校一年のときだ。二人の男子児童が、廊下で女子児童のパンツまでおろして下半身をいじるという騒ぎが起きた。その男子児童たちは、教師に叱られておおいに恥をかいた。保護者たちまで呼ばれて注意をうけた。

そのいたずらをしたとき、男子児童たちは女の子のお尻をいじったという。前の割れ目ではなく……。

「それを聞いて、どう感じた？」と雅子。僕は少し考えた。

「正直、少しドキドキした」

その被害に遭ったのが、かなり可愛い女の子だった事もあり、その話を聞いて小学生なりにむらむらっとした覚えがある。

「そうでしょうね」雅子は、微笑しながら言った。

「そんなふうに、幼少期の男の子は女の子のお尻が好きなの。そして、その性癖が、大人になっても消えない男性は想像をはるかにこえて多いわ」

と彼女。テーブルにあるピスタチオを口に入れる。

「正確なデータなんてないけど、かなり高いパーセンテージの成人男性が女性のお尻に興味を持ち続けているらしいわ」

また、スプモーニをひと口。

「……あるとき、一人の女性がうちのクリニックに相談にきたわ。付き合ってる恋人からアナルセックスを迫られて困っているというの。毎週のように普通のセックスはしてるのに……。彼がアブノーマルじゃないかという相談だったわ」

そう言って、また苦笑。

「わからない事はないけどね」と言った。

「わからない事はない？」僕は訊いた。

彼女は、前に広がっている海を眺めている。青いセイルのウインドサーファーがこけてボードから落ちた。水飛沫（みずしぶき）が陽射しをうけて光った。店のオーディオから、ビーチ・ボーイズの〈Kokomo（ココモ）〉がゆったりと流れている。

「……私がつき合った男性のほとんどがお尻をいじってきたわ。私の個人的なデータだと、男性の80パーセント以上が女性のお尻で興奮するわね」彼女はさらっと言ってのけた。鼻にシワをよせて笑う。

「ほら、この前クルーザーの上で会った杉本さん、あの人、ひどく真面目で堅物のお医者みたいな顔をしてるけど、ベッドではしょうもない人なの」

「しょうもない？」

「そう、彼はあれの最中、ひとのアナルをえんえん舐（な）めまくるのよ、ハアハアと息を荒くして……」と言ってまた笑った。

「……それで？」僕はノドが渇いているのを感じた。

「私はあまり感じないけど、ちょっと感じたふりをしてあげると、彼はさらに興奮するみたい。あそこが、キュウリみたいにこちこちに勃起するの、まったくもう……」

相変わらずからりと笑いながら、彼女は言ってのけた。

僕は、それどころではない。男に尻の穴を舐められている彼女の姿を想像して、脈拍が早くなる……。〈すべり止め野郎〉のくせにそんな事まで……。僕は狼狽(ろうばい)をごまかすために、バドワイザーの残りをぐいと飲んだ。むせてしまった。

「だから、あなたがあの子のお尻で興奮したのは、何も特別な事じゃないわよ。まして、生まれて初めて男性の目に晒(さら)したかもしれない〈秘されたお尻〉なわけだし……」

そう言って彼女は微笑した。

少し風が強くなってきて、ウインドサーファーたちの走るスピードが上がってきた。僕らがいるオープンテラスを海風が吹き抜け、彼女の前髪をふわりと揺らせた。

「海に入った？」僕は訊(き)き返した。

午後5時過ぎだった。ノブが僕の家に来た。Tシャツ、ショートパンツ姿。何か、もじもじしている。聞けば、さっきアワビを獲るために海に入ったという。

「どこで」

「森戸ノ鼻……」とノブ。森戸海岸から続く磯で海に入ったという。

「なんで」僕は言った。ウニのトゲを抜いてから、まだ3日しかたっていない。傷口は、まだふさがっていないはずだ。

「海に入ったら、尻がしみただろう」

ノブは、しょんぼりしてうなずいた。そりゃそうだ。しかも、あの辺の海水はすごく清潔というわけではない。森戸川から汚れた水が流れ込んでいる可能性もある。

「消毒しなきゃ、化膿するぞ」僕は言った。ノブは、小さくうなずく。

「やってもらえる？」と言った。


5分後。ノブはうつ伏せになっていた。ショートパンツと下着を下ろし、ヒップを出している。

トゲを抜いた二カ所は、かすかな赤紫色になっている。が、いまのところ化膿はしていないようだ。

僕は、消毒薬と脱脂綿を手にした。消毒薬をたっぷりと脱脂綿に染み込ませる。ノブのヒップにつけはじめた。

消毒薬をつけると、少ししみるのかヒップがもそもそと動いた。

僕は少しむらむらするのを感じた。が、この前ほどではない。あのときは、ノブがあまり恥ずかしがって抵抗したので、かえってあんな衝動にかられたのだろう。雅子が言った通り……。

僕は丁寧にヒップを消毒した。まだヒップは消毒薬で濡れている。

「しばらくそのまま」僕は言った。

「テレビ、見ていい？」

うつ伏せになったままノブが言った。そうか……。いま5時半。『赤毛のアン』のアニメがオンエアーされる時間だ。

僕がテレビをつけると、アニメがはじまっていた。麦わら帽子をかぶったアンが、物思いにふけって花の咲く草原を歩いている。

僕は、冷蔵庫から缶ビールを出す。ポテトチップスをかじり、ビールを飲みはじめた。

ふと気づいた。ノブが、どうやら居眠りしているようだ。

もう、『赤毛のアン』は終わっている。ノブは、うつ伏せになったまま、目を閉じている。

今朝早く、彼女が庭でトマトやキュウリの手入れをしているのを見かけた。そして、午後には海に入ったらしい。それで、いま眠くなったのだろう。

僕は二階からタオルケットを持ってくる。ノブの体にかけてやろうとした。そして、じっとその姿を見た。

無防備に、お尻は丸出し。口をかすかに開けて眠っている。

あどけなさが残る横顔。いくらショートカットの髪型でも、濃くカールしたまつ毛と、ふっくらした唇は女の子だった。可愛いかった。

僕の心に、甘酸っぱさが湧き上がってきた。それが、恋愛感情なのだと、いまはもうわかっていた。漠然と感じていたノブへの想いが、はっきりとした結晶として、心の中に在る……。

僕は、彼女の体にそっとタオルケットをかけてやった。

「車を?」と亮一。かじっていたトーストから顔を上げた。翌日の午前9時。港に面した家の台所だ。

「ああ、ちょっと車貸してくれ」僕は亮一に言った。

「いいけど、デートか何かか?」

「まあ、ちょっとひとっ走り」と僕。亮一は、うなずく。「ぶつけるなよ」と言い、スカGのキーを僕に放った。

　その10分後。僕はスカGのステアリングを握っていた。高速道路の逗子インターを通過した。西伊豆への道順を頭に浮かべて……。

21　口を開くまで、ジン四杯

時速90キロ。スカGはいま、横浜横須賀道路を走っていた。

エンジンは快調。やがて、横浜町田インターで東名高速に入った。

ひたすら西へ……。東名はすいていた。沼津インターまで走り、高速をおりた。

一般道路を走りはじめる。ロードマップを助手席に置き、ゆっくりと南下していく……。

昼過ぎには、西伊豆町に入った。道路が細くなり、さらにスピードを落とす。

ブレーキ。

路肩に停めた。電柱にある町名表示を見る。〈西伊豆町野浜〉の文字。ノブが育った漁村だ。

僕は、あたりを見渡す。確かに、小さく何もない漁村。昼下がりの道に歩いている人の姿はない。野良猫らしい茶トラが、道ばたに座りアクビをしている。

教師の正岡から、家の住所は聞いてある。僕は、車から降り歩きはじめた。


それほど家の数はない。その家は、5分ほどで見つかった。

文字の消えかかった表札に〈高田〉とある。これが、ノブの育った家……。僕は、家の前で立ち止まった。

コンクリートブロックの塀。その向こうに、モルタル造りの二階家。玄関のそばには、古い漁網が丸めてある。タコ壺も積まれている。いかにも漁師の家だった。

僕は、家の前で深呼吸。玄関まで歩く。呼び鈴を押そうとした。

そのとき、玄関が開き、中年女性が出てきた。鉢合わせ。


相手は、少し驚いた表情で僕を見た。

40歳ぐらいの女性だった。短か目の髪にはパーマをかけている。濃く陽灼けしている。アディダスのトレーナーを着て、ジャージをはいている。田舎の中学の体育教師、そんな感じの人だった。

たぶんノブのおばさん……。僕を見て、

「あの……どちらさんで」と言った。僕は名前を言い、葉山から来たと伝えた。

「葉山……」と彼女がつぶやいた。

「そう。姪御さんのノブ、あの子の事で……」

僕は言った。彼女は、警戒した表情で僕を見ている。

「あの子、何かやったの？」と恐る恐る訊いた。僕は、首を横に振った。

「大丈夫。とりあえず元気でいて……」と言った。


その3分後。僕と彼女は、曲がりくねった坂道を下っていた。

やがて砂浜に出た。そこそこ広い砂浜には、伝馬船が3、4艘上げてある。古ぼけ、朽ちかけたような漁師小屋が4つほどある。ここでの漁業が、けして豊かでないのは感じられる。

砂浜に、ひと気は全くない。彼女の夫は、漁に出ているらしい。

彼女は、小屋の一つに歩いていく。小屋の前の砂浜には、これも古ぼけたテーブルと椅子があった。何もかも、陽射しと潮に晒されて、色褪せていた。

彼女は、小屋の扉を開け入っていった。すぐに出てきた。手にしているのは、酒瓶と、氷の入ったプラスチックのバケツだった。酒瓶は、サントリーのドライジン……。彼女は、椅子にかける。キャンプ用のようなアルミのコップに氷を入れ、ジンを注いだ。ジンの香りが、鼻先をかすめる。

「あんたも飲む？」と僕に訊いた。

「車だから」僕は首を横に振った。

「じゃ、勝手にやらせてもらうよ」と彼女。コップに口をつけた。コップの中で氷が小さな音をたてた。

トビが1羽、低空飛行で砂浜をよぎっていく。海面に、淡い午後の陽が反射している。

「そうか、ノブはやっぱりあの家で暮らしてるんだ……」

と彼女。二杯目のジンに口をつけて言った。そして、僕を見た。

「わざわざ葉山から来たって事は、何か話があるんじゃないの？」

僕は、うなずく。ゆっくりと話しはじめた。ノブが、髪をショートカットにして、男の子のようにふるまっている。その理由を知りたいのだと……。

僕の話を聞き終わると、「その事……」と彼女はつぶやいた。それから、口を閉じた。無言……。じっと海を見ている……。

彼女が口を開くまでには30分ほど必要だった。その間に、ジンを四杯飲み干していた。かなり酒に強いようだ。けれど、その目に少し酔いの色が出てきていた。ふーと息を吐く。

またしばらく海を眺めていた。やがて、

「……ノブは、昔から可愛い子だったよ」ぽつりと口を開いた。

「小さい頃から目が大きくて、可愛い顔をしててね……小学校でも評判だったらしい。でも、うちはほら漁師だから、あの子も小さい頃からずっと潜ってアワビやサザエを獲ってて、色は真っ黒……。生活が楽じゃなかったから、仕方ないんだけど……」

と言った。また、コップに氷を入れジンを注いだ。

それから、また15分ほど彼女は無言でジンを飲んでいた。陽が少し傾いてきた。やがて、彼女は決心したのか、重い口を開いた。

「……あれは、ノブが中学一年のときだった……」

ぽつりと言った。

「確か金曜だった。あの子が、泣きながら学校から帰ってきてね」

「泣きながら……」

「そう……。で、どうしたのか聞いてもなかなか言わなかった。2時間ぐらいかけて、やっと聞き出したの」

「……何を……」

「……あの子が言うには、先生に体を触られたって……」彼女は言った。僕の心拍が少し早くなった。

「……触られた？」彼女はうなずく。コップに口をつけた。

「相手は国語の先生で、まだ三十代の初めだった。優しい先生で、ノブはその先生を慕っていたのよ」

「慕ってた……」

「そう……。その先生は、ノブに優しかったらしく、ノブも国語の宿題は熱心にやってたわ」彼女は言った。

「その先生が体を触った……」

「そう、放課後の教室で……」

と彼女。その教師は、ノブが書いた作文の添削をしていた。教室には、生徒はノブしかいなかったという。

「……急に後ろから抱きつかれて、セーラー服の上から胸を触られたというの」

その後、教師はスカートの中にまで手を入れてきたという。

「下着の中まで手を突っ込んでこようとしたってノブは言ってたわ」

「……それで？」

「ノブは、先生を突き飛ばして逃げてきたらしい。それで、泣きながら自転車で帰ってきたの」

僕は、深いため息をついた。

「……ショックだろうな……」

「もちろんそうだと思うわ。自分が慕ってた先生だけにね」

「で、その後は？　その先生を訴えるとか？」僕は言った。彼女は、また口を閉ざした。ゆっくりとジンを口に運ぶ……。海を見ている。

「それは……出来なかったのよ」彼女は、また重い口を開いた。

「その先生を訴える事が出来なかった？」訊くと彼女はうなずく。

「その先生のお兄さんは漁協の役員で、お父さんは西伊豆町の町会議員なの」と言った。そういう事か……。

「地元の有力者？」

「まあ……。あの人たちに睨(にら)まれたら、うちみたいな貧しい漁師はやっていけなくなる……」と彼女。僕は、ため息をついた。

「お父さん、つまりご主人には？」

「あの人には話したけど、ただ一言、〈ノブが誰にも言わないようにクギを刺しとけ〉と言っただけ」

僕はまたため息……。

「……で、本人は？」

「ノブは、1週間、学校に行かなかった。あれだけ活発だった子が、ずっと家にこもってた……。その間に話したわ。あの先生を訴える事は出来ないと……。あの子は、黙って聞いてた。何を考えていたかは、わからないけど……。で、1週間後に、あんな事を……」

「あんな？」

「ノブは、床屋に行って、髪をばっさりと切ったの。肩まであるサラサラしたきれいな髪だったのに、坊主刈りに近い短髪にしちゃった……」

薄い雲が流れてきて、陽射しが翳った。空を見上げると、カモメが2羽、視界を横切っていく。僕は大きく息を吐いた。ノブが男の子のようなショートカットにしている……。その理由が、かなりわかった。

「自分が女の子だから、そんな事になったと……」僕は口に出した。

その結果、ストレートに言ってしまえば、女の子である事をやめてしまいたいと思いつめたのだろうか。

中一の少女が、そこまで思いつめるとは……。胸がしめつけられるのを、僕は感じた。呼吸が少し苦しくなる……。

ノブのおばさんは、ジンのコップを手に宙を見ている。

「そういえば、その頃から、ノブは持ってたピンクのワンピースとかを全く着なくなった。いつもジーンズとか地味なジャージばっかり……」と言った。

「ずっと、髪は短く?」と僕。彼女は、沈んだ表情でうなずく。

「そう……。あれ以来、ノブが髪を伸ばす事はなかった。めっきり口数も少なくなって、わたしともあまり話さなくなって……」

「それ以来、体を触られたりは？」僕は訊いた。彼女は、首を横に振った。

「そのとき、ノブは先生をかなり強く突き飛ばしたらしくて、それ以来、体を触られるような事はなかったみたいだった」と彼女。ため息……。「なまじ可愛い子だったから、そんな目に遭ったんだね」と言った。

「で、ずっと男の子みたいにふるまって？」

「……ああ……それ以来、3年ぐらいずっとだよ。わたしも時々はその事で話しかけたんだけど、ノブは何も答えてくれなかった。あの子が、家を出ていってしまうまで……」

彼女は言った。ジンのコップを口に運んだ。

雲が切れ、陽射しが砂浜に差してきた。アルミのコップ、そのふちが陽射しに光った。

「ノブがここの家を出たのは、どうして……」

僕は訊いた。彼女は、しばらく無言でいた。さざ波が砂浜を洗っている。

「……それが、わたしにもわからなくてね……」

ぽつりと彼女は言った。

「ノブは、ああして男の子みたいにしてたけど、勉強はちゃんとしてるらしかった。高校にも進んだ……。それが、高二になろうとするこの春に突然姿を消して……」

「何の前ぶれもなく？」訊くとうなずいた。

「あの子に何があったのか、まるでわからないよ。わたしにも実の子が二人いるんで、ノブには、あまりかまっていられなかったし……」とつぶやいた。

陽がかなり傾いてきていた。僕は、ゆっくりと立ち上がった。

「いろいろと話してくれて、どうも……」と言った。

彼女も立ち上がりかけて、ふらついた。また椅子に体をあずけた。かなり酔っている。砂浜に視線を落としたまま、

「わたし、あの子に何がしてやれたんだろう……」うめくようにつぶやいた。そして、

「よかったら、あの子の面倒を見てやってくれない？」と言った。

僕は、うなずく。

「出来る限り……」とだけ答えた。彼女は、視線を落としたまま、

「よろしくね……」と言った。その体が揺れている。

僕は、歩きはじめた。一度だけふり向く。彼女は、じっと座ったまま海の方を見ている。頭上では、4、5羽のカモメが涼しくなった風に漂っている。

その2時間後。僕は、東名高速を走っていた。ステアリングを握って考えていた。ノブが男の子のようにふるまっている、その謎はかなりとけた。けれど、その後、ノブがなぜあの家を出たのか……。それは、わからない。本人しか知らない何かがあるのだろう……。

しかし、人の心に分け入っていくためのロードマップはない。

僕は、じっと前方の高速道路を見つめ、ステアリングを握っていた。

22　夏草の中で抱きしめて

「あ……」とノブ。しゃがんだまま、ふり向いた。

午後2時過ぎ。彼女の家の庭だ。ノブは、トマトとキュウリの手入れをしていた。竹の支柱を立てて、そこに伸びてきたトマトとキュウリの蔓を結びつけている。

そのやり方が手慣れていた。子供の頃からやっていたのだろう。

陽射しは熱く、もう真夏のようだった。庭には、草の匂いがあふれている。ノブの首筋や、Tシャツから出ている腕には、汗が光っている。顔が火照っていた。

彼女は、立ち上がる。両手から軍手をはずす。

「昨日は、いなかったのね」と言った。僕は、うなずいた。

「え……」ノブは、固まってスマートフォンの画面を見ていた。

僕は、ポケットからスマートフォンを取り出していた。一枚の写真が画面に……。

それは、西伊豆で撮ったものだった。ノブのおばさんから、砂浜で話を聞いた。そして、砂浜から立ち去ろうと歩きはじめたとき、ふとふり向いてシャッターを切ったのだった。

遅い午後の海岸。漁師小屋。ノブのおばさんは、後ろ姿を見せ、海の方を向いている。陽射しが傾いてきたので、砂浜に細かい陰影が出来ている。そんな一枚だった。

「これって……」

目を見開き、口も半開き。ノブは、その画像を見つめている。

「……これ、うちの……」

「ああ、野浜だよ」僕は言った。ノブは、僕の顔を見た。

「怒るなら怒ってもいいけど、昨日は西伊豆に行ってきた。おばさんから話を聞きたくて……」と僕。彼女は、口を半開きにしたまま。スマートフォンの画面と、僕の顔を交互に見ている。

「おせっかいは、わかってる。でも、どうしても気になってしょうがなかった……。西伊豆で何があったのか……」僕は言った。

「……で、おばさんと話した？」

「……ああ。聞いたよ、中一のときの出来事も……」

庭を風が渡り、トマトの葉が揺れた。ノブは僕と向かい合う。彼女は視線を下に向け、

「そっか……」とつぶやいた。３、４分ほど無言……。そして、

「とんでもない先生だよね。教えてる生徒にあんな事するなんて……」と言い、苦笑した。うつむいて苦笑い……。けれど、その肩も体も震えはじめているのに、僕は気づいた。ノブは、ゆっくりと顔を上げる。唇が震え、目には涙があふれて真っ赤だ。

やがて、ノブは震える体を僕に押しつけてきた。

しゃくり上げながら、その額と片手を僕の胸に押し当てた。やがて、両手で、僕の首を抱きしめた。

全身で、激しく泣きはじめていた。これまで張りつめていたものが、ぷつりと切れたように……。

Ｔシャツを着た僕の胸は、ノブの熱い涙で濡れはじめていた。

僕は、彼女の背中をそっと抱きしめた。ノブの上半身は熱く、汗と涙で濡れている。

しゃくり上げるたびに、全身が震えた……。

あたりには、夏草の濃い匂いがあふれていた。その匂いの中で、僕らは、お互いの体を抱きしめていた。ノブは、しゃくり上げ続ける……。


薄紫色の煙が、庭に漂っていた。

夕方の4時半。縁側のそばに七輪を置き、僕とノブはトコブシを焼いていた。

トコブシは、アワビに形が似ていて兄弟のようだ。が、かなり小さく、売り物にはならないのだ。

ノブが獲ってきたそのトコブシを、焼き網にのせて焼いていた。火が通りはじめると、その上に醤油をかける……。

僕は、冷えた缶チューハイを、ゆっくりと呑んでいた。ノブは七輪のそばにしゃがんで、トコブシを焼いている。

やがて、4枚ほどが焼けた。ノブは、それを2枚の皿にとった。皿の1枚を僕に差し出した。彼女は目を伏せている。僕らはさっき初めて抱き合ってしまった。それが、恥ずかしいのだろうか……。

僕らは、トコブシの身を箸でとり、かじる。その身は柔らかく、緑色をした肝は、海藻と潮の香りがした。僕は、トコブシをひと口。そして、チューハイをひと口……。

「何か、話したいことがあるんじゃないか？」

僕は、ノブに訊いた。彼女が、そんな表情をしていたからだ。ノブは、まだ無言でいる……。僕は新しい缶チューハイを出してきた。プルトップを開け、ノブに差し出した。

「……ありがとう……」とノブ。そっと缶に口をつけた。


僕らは、それぞれにトコブシをかじり、ゆっくりとチューハイを飲んでいた。ノブの顔に、赤みがさしてきていた。

彼女は、新しいトコブシを、焼き網にのせた。そうしながらぽつりと口を開いた。

「中一のあのときね……」と、つぶやいた。それは、国語の教師に体を触られたときの事だろう。僕は、黙って聞いていた。

「後ろから、急に抱きつかれたんだ……」

ノブは、箸でトコブシを突つく。

「最初、後ろからそっと肩を抱かれたんだけど……そのとき、ちょっとどきどきして」

「……どきどき？」訊くと、ノブは小さくうなずいた。

「前からわたしには優しくしてくれてた先生だから……最初、肩を抱かれたときは、少しどきどきした……」

「その先生を、男として意識してた？」

ノブは、少し考える。

「微妙……。先生は、漁師をしてるうちのおじさんみたいに乱暴じゃなくて、いつもおしゃれなワイシャツを着て優しく話すの……。そんな人、周りにはいなかったんで、少しは憧れてたかもしれない……」

とノブ。僕は、うなずいた。彼女のおばさんに聞いた話では、夫は粗野で口のきき方が乱暴、昔ながらの漁師だという。そんな家で育った中一のノブが、優しくスマートな教師に憧れを持ったのも、うなずける……。

「……で、そのときは、どきどきした？」

「そう……。そっと肩に両手を置かれたときは、なんか気持ちがふわっとした」とノブ。

「でも、すぐにその手が後ろからわたしの胸を触りはじめて……」

ノブは一瞬言葉を呑み込んだ。

「先生の手を振りほどこうとしたんだけど、男の人だから力が強くて……。そのうち、手がスカートの中に入ってきて、パンツの中までいじろうとしはじめたんで……」

「突き飛ばした」

「そう。力一杯突き飛ばした。先生は床に倒れて、わたしは教室を飛び出して……。自転車で学校から走りだして、何回か転んだけど家に帰れた……」

新しいトコブシが、じゅっと音をたてた。夕陽が、ほとんど真横から射し、七輪の上の金網を光らせた。

「1週間ぐらい学校を休んだんだけど、そのうち、とんでもなくひどい気持ちに襲われて……」

「……それは？」

ノブは、またしばらく無言でいた。チューハイに、ちょっと口をつけた。

「……ほんの一瞬でも、先生に肩を抱かれたときにどきどきした、先生が結婚してるのも知ってて……。そんな自分が嫌で……。自分が心も体もすごく汚らしい女の子に思えて……」と小さな声で言った。

そういう事か……。僕は、胸の中でうなずいた。自分が持っている女の子の部分に、嫌悪感を持ってしまった……。

「で……髪を切った？」

訊くと、静かにうなずいた。

なるほど……。そのときのノブは、自分の中に強い罪の意識を持ってしまい、それ以来ずっと髪をショートカットにして男の子のようにふるまっていた……。そして、自分の体が女である事を、ひた隠しにしようとしていた。だから、ヒップのトゲを抜くために裸になったときの、あの激しい抵抗と羞恥……。どうやら、そういう理由らしい。

僕の心に、ひんやりとした風が吹き抜けていく……。

ノブが、網の上のトコブシに醬油をたらした。醬油が少し炭の上にこぼれて、煙が上がった。

その煙が目にしみたのか、ノブは指で目尻をぬぐった。頰に、涙がつたっている。その涙が、煙のためなのか、別の理由があるのか、いまはわからない……。

僕は、うつ向いたノブの横顔を見つめていた。庭の隅では、紫陽花の蕾がふくらみはじめていた。梅雨が近い。

船外機が、かん高い音をたてた。

僕とノブが乗った伝馬船は、海面を走っていた。船首からガラス玉のような波飛沫が上がり、真昼の陽射しに光った。

午後2時過ぎ。葉山沖。午前中から海に出て、もう5枚の大型アワビを獲った。僕らは、港に戻ろうとしていた。

やがて、真名瀬の港に入る。岸壁に船を舫った。僕らは、岸壁に上がった。そのとき、僕のスマートフォンが鳴った。料理人の川島からだった。

「やっと、出来たよ」

「出来た？」

「そう。アワビの薫製、あれを最高に活かす一皿が」と川島。「試食しに来ないか？ ノブだっけ、あの子も連れて」

と川島が言った。僕は、〈いま港に戻ったところだから、着替えて行く〉と答えた。

3時半。シャワーを浴び着替えた僕とノブは、〈潮見亭〉に行った。

店には、川島と敏夫がいた。客はいない。川島が、テーブルに大きめの青い皿を置いた。皿の上は、きれいな砂浜のようだった。白い塩らしきものが薄く敷いてあり、ぱらぱらと黒く小さな粒が散っている。その上に、スライスしたアワビの薫製がのっている。

「白いのは、沖縄・石垣島(いしがきじま)の製塩農家から取り寄せた天然塩。黒いのは、ポナペ島のブラック・ペッパー」と川島は言った。

〈ポナペ島……〉僕は、つぶやいた。ミクロネシアのポナペ。いまは、ポンペイと呼ばれている。その事を、僕は船員学校で教わった。そのポナペ島が、世界的に有名な胡椒(こしょう)の産地である事も……。

「まあ、試してみてくれ」

と川島。僕とノブは、すすめられるまま、ナイフとフォークを手にした。アワビの薫製に、敷いてある塩と胡椒を少しつける。口に入れた。そして、無言。体の中を、海風が吹き抜けるのを感じた……。

23　16歳の負傷兵

「おれも、ちょっと……」

敏夫が言い、フォークを手にした。彼もまだ試食してないようだ。一切れ口に入れ、しばらくは無言……。やがて、

「これは、凄過ぎる……。アワビの濃厚な味に、天然塩とブラック・ペッパーの爽やかさ……。なんというか……」

川島が苦笑い。

「なんにも言わなくていいよ」そして、敏夫の肩を叩いた。

「この一皿に、ケチをつけるやつはいないだろう」と言った。敏夫がうなずく。

「来週の取材も、これならいける……」とつぶやいた。僕が敏夫を見ると、彼が説明

しはじめた。夏に向けて出される大手出版社の湘南ガイドブック、その取材と撮影が来週の予定だという。

「雑誌の連中がどんな顔をするか、楽しみだよ」敏夫が言った。


「珍しいね」僕は言った。ビールに口をつけた。

夕方の5時過ぎ。僕と雅子は、逗子にある焼き鳥屋にいた。

今日も、入眠剤をもらいに彼女のクリニックに来た。診察室にいるとき、彼女の方から小声で、「飲みに行かない?」と誘ってきたのだ。クリニックから歩いて3分ほどの焼き鳥屋。まだ時間が早いので、がらんとしている。

「今日は疲れたのかな?」僕は訊(き)いた。彼女は、レモンサワーのグラスを手にうなずいた。

「ちょっと面倒な患者がきて……」とつぶやいた。

「子供?」訊くと首を横に振った。

「45歳の男性で、メーカーに勤めてるけど、1週間ほど前から出社できなくなったらしく……」

「会社での人間関係とか？」

「まあ、そうらしいんだけど、それが……」と彼女。ため息をついた。

「たぶん私が若い女だからなのね、どうも本当の事を話してくれてない……。いわゆる鬱だとはわかるんだけど、その原因がはっきり特定できないの」と言った。僕は、うなずく。ありそうな事だ。

「とりあえず、弱い抗鬱剤を処方したんだけど、かなりやっかい……」


皿にのった焼き鳥が出てきた。僕は、鳥皮の串を手にした。

「で、その後、あのボーイッシュな子とは？」

ツクネを手にして、彼女が訊いた。話題を変えたいらしい。僕は、ビールでノドを湿らせ話しはじめた。ノブが、まだ尻の傷が完治してないのに海に入ってしまった。なので、またノブの尻に消毒薬をつけてやったと……。

「彼女のお尻を見て、また、むらむらした？」

「少しは」

「でしょうね。で、勃起したとか？」ちょっと冷やかすような口調で雅子は言った。

「それはなかったよ」と僕は苦笑い。そのときの事を説明する。尻に薬を塗ったあと、ノブは『赤毛のアン』のアニメを見はじめたと……。そのアニメも見たわ。それで？」

『『赤毛のアン』か……。私も少女だった頃、夢中になって読んだな……。そのアニ
「ぐっすり寝てるのさ、ケツ丸出しで」苦笑しながら、僕は言った。

「それを見てて？」

僕はまた話しはじめた。テレビを見ていたノブは、そのまま居眠りをはじめた。

と雅子。僕は、説明する。そんなノブを見てたら、彼女の事がすごく可愛く思えてきた。雅子は、微笑しながらうなずく。

「……それは、たぶん本当の恋ね。もしかして、これまでつき合った二人の子とは違うとか？」

僕は、なんとなくうなずいた。雅子は、グラスを手にしばらく考える……。

「もしかしたらだけど、これまでの子に対しては、相手を想うメンタル面が30％で、セックスをしたいという性欲が70％……。まあ、やりたいざかりの年頃だから、仕方ないんだけどね。……でも、あの子に対する気持ちは、メンタルな恋愛感情が70％で、性欲が30％とか……」

と言った。僕はどきりとしていた。当たっている気がした。性欲をゼロではなく、

ずばり30％と言い切るのは、さすがに精神科の医者だ。

僕は、焼き鳥のレバーをかじる。ビールに口をつけた。そして、話を続ける。

ノブの過去を知るために、彼女が育った西伊豆に行った。そして、ノブのおばさんから話を聞いた。中学一年のときの出来事を……。

「先生からセクシャル・ハラスメントをうけた……。最悪だけど、あちこちで起きてる事例ね」

と雅子。

「その状況で彼女が強く抵抗しなかったら、強制性交されていたかもしれない……。しかも、最初に肩を抱かれたときに一瞬どきどきしてしまったとなると、自己嫌悪や罪の意識も感じて、心に負った傷はひどく深いと思う」

彼女は、レモンサワーに口をつけ、

「それを聞けば、わかるわ。あの子、体つきは健康的だけど、どことなく表情に翳りがある……。そして、男の子のようにふるまっている理由もわかるわ。可哀想に、ずいぶん悩んだんだろうなぁ……」とつぶやいた。

そのとき、僕はふと思い出していた。いつか雅子が口にした言葉。

〈私たちが生きてる世の中って、一種の戦場じゃないかしら……。見えない弾丸が飛び交ってる……〉それを、思い出し、口に出していた。

彼女は、グラスを手に小さくうなずいた。

「そうね……やっぱり、そうなんだと思う。で、あの子も戦場で負傷してしまった一人なのかもしれない……。16歳の負傷兵……」

と言った。しばらく宙を眺めている……。


新しいレモンサワーとビールが、僕らの前に置かれた。

「そんな事をされても、結局、その教師を訴える事は出来なかったらしい」と僕。さらに事情を説明する。

「……そうでしょうね。そういう場合に、事なかれ主義の教育委員会なんて、なんの頼りにもならないのはわかってるし……」

と彼女。鳥皮をかじり、レモンサワーをひと口。

「しかも、その先生の身内に地元の有力者がいたら、その出来事はもみ消されるか、へたしたら生徒のせいにされる」

「生徒のせいに?」

「そう、女生徒の方から誘ってきたとか……話をすり替えられる場合もあるわね。最初に肩を抱いたときに拒否しなかったから、本人にはその気があったと言い張ることも出来る。そのとき、教室には二人しかいなかったわけだし……」

僕は、何か言おうとした。が、やめた。それが現実なのかもしれない。

雅子が、レモンサワーに口をつけた。

「そんな事になれば、訴えた生徒は、二度傷つくことになる……。でも、それはよくあるケースで……。私も、医師としてそういう被害者の女の子から相談をうけた事があるわ」と雅子。また、ため息をつき、

「やはり世の中は戦場ね……。で、うちのようなクリニックはいわば野戦病院……」

とつぶやいた。そのつぶやきは、僕の心に消え残った。


「そういえば、この前、あの子を逗子の町で見かけたわよ」と彼女。

「ノブ?」

「そう……。10日ぐらい前かな。駅前の商店街で見かけたわ。店の前にしばらく立ってて、やがて入っていった」

「店？」

「そう、ランジェリー・ショップ。女性向け下着の店。あの子、なんか恐る恐るって感じで入っていった」

「下着……」

僕は、つぶやいて。5秒ほどして、思い出していた。ノブの尻に、消毒薬をつけてやった。あのときを思い出していた。まだ傷口が完治してないヒップを消毒した。そのとき、ノブはショートパンツと下着のショーツを下げて、うつ伏せになった。

ごく自然に、ショーツが目に入った。それは、以前のものとは違っていた。

それまでのノブは、男物のような黒や紺のショーツを身につけていた。が、ついこの前は、薄いブルーのショーツを身につけていた。

そのブルーのショーツは、シンプルでセクシーさなど全くないが、明らかに女性物だったと思い出していた。

僕は、それを雅子に話した。彼女は、うなずきながら聞いている。やがて、

「断言はできないけど、彼女の中で何かが変わりはじめたのかな……」

「何か？」

「そう……。彼女は先生からうけたセクシャル・ハラスメントで、心が負傷し、自分

の中にある女性の部分を嫌悪し自分を責めた。そして、女であることを心の奥に封じ込めて、男の子のようにふるまっていた……」

と雅子。レモンサワーをひと口。

「そんな彼女が、いま、少しずつ負傷から立ち直ろうとしてるのかもしれない」

「立ち直ろうと……」

「その可能性はあるような気がするわ」

僕は、ビールのグラスを手に、「それって、理由は……」と訊いた。

「それは、たぶんあなたの存在よ」と雅子が言った。

そのときだった。店の入り口があき、数人の客が入ってきた。地元の連中らしく、店主に声をかけた。僕らは、微妙な話を打ち切った。新しい飲み物と焼き鳥をオーダーした。

「ノブを？」

僕は敏夫に訊き返した。スマートフォンから、

「そうなんだ。あと1時間でガイドブックの取材が来るんだけど、あの子にも来て欲

しいんだ。川島さんとおれで話した結果なんだけど」と敏夫の声。

「詳しく話してる時間がない。とにかくノブちゃんを連れて来てくれ」


「噂通り、小ぢんまりしてるけどいい店ですね」

と取材スタッフの女性が言った。半分はお世辞に聞こえた。

午後2時過ぎ。ガイドブックの取材・撮影チームが来ていた。編集長だという恰幅のいい中年男。ライターだという二十代らしい女性。

そして、三十代のカメラマンと助手。

彼らは、てきぱきと仕事をはじめた。ライターが、敏夫から話を聞いている。川島がテーブルに出したアワビの薫製を、カメラマンが撮りはじめた。僕とノブは、それを眺めていた。やがて、

「では、いただくよ」と編集長。テーブルにつく。アワビの薫製に塩とブラック・ペッパーを少しつけ、口に運んだ。

そして無言……。ふと目を閉じた。5秒……7秒……そして、10秒。

編集長は、目を開けた。

立ち上がり、店の隅でライターの女性とひそひそと打ち合わせをはじめた。その雰囲気で、僕にもなんとなくわかった。

取材をはじめたとき、この店も〈湘南にたくさんある店の一軒〉だったのだろう。が、編集長がアワビの薫製を口にしたとき、何かが大きく変わった……。そんな雰囲気だった。ライターの女性が、あらためて敏夫と川島に話を聞きはじめた。

「彼女が？」とライターの女性がメモを取りながら訊いた。川島が、うなずく。かたわらにいるノブの肩を叩き、

「このアワビは、彼女が海に潜って獲り、独自のやり方で薫製にしたもので、私はそれにほんの少しの演出をしただけだよ」と言った。

「じゃ、この一皿は彼女の作品という事なんですか？」とライターの女性。

「その通り」と川島がきっぱりと答えた。

その10分後。店の隅に立っているノブに、カメラが向けられていた。ノブは、当然こちこちに緊張している。そんなノブに向けて、カメラのストロボが続けて光る。

そのときだった。編集長が、そっと川島に近づいていく。小さな声で、

「間違っていたら失礼。もしかして、川島明さんじゃないですか？」と訊いた。川島が編集長を見た。

「伊勢グランド・ホテルで総料理長をやっていた川島シェフじゃないですか？」と編集長。川島は、視線をはずす。

「何の事かな？」と言った。

24　夜磯

「間違い？」と編集長。川島は、うなずく。

「残念ながら、人違いだよ。私の苗字は川島だが、そのなんとかホテルのシェフなんかじゃない」落ち着いた口調で言った。

「……そうですか、失礼しました」と編集長。かすかに首をひねった。

だが、納得した様子ではない。ただ、質問を否定されただけ。そんな感じだった。

僕は、胸の中でうなずいていた。

この恰幅のいい編集長は、田所という名前の名刺をくれた。仕事のキャリアが長そうな男だった。レストランの業界にも詳しそうだった。

その田所が言う〈伊勢グランド・ホテル総料理長の川島明〉は、おそらく間違いではないのだろう。

前から川島という料理人について持っていた疑問が、はっきりとした形になるのを僕は感じていた。

もともと求人誌を見てこの小さな店に来るような男とは思えない。その料理の腕。洞察力。流暢な英語で話していた姿……。どれをとっても、一流のプロを感じさせるものだった。

ただ、彼には何か事情があるのだろう。自分の素性を隠していたい事情が……。

僕は、あたりを見回した。ノブはまだカメラマンに撮影されている。敏夫は、女性ライターの取材をうけている。いまの話を聞いていたのは僕だけだった。

「夜磯？」

僕は、ノブに訊き返した。〈夜磯〉とは漁師用語。夜の磯で、アワビやサザエを獲る事を言う。

アワビやサザエは、夜行性だ。昼間は磯の陰に潜んでいても、夜はかなり無防備に出てくる。かなり浅いところでも獲れるのだ。

「今夜、どうかな……」とノブが言った。夕方の4時過ぎだった。

確かに、今夜は満月。つまり大潮にあたる。しかも、初夏の今頃は、一年で最も潮の満ち引きが大きい。僕は、壁に貼ってある潮見表を見た。相模湾で、今夜の干潮は午後8時42分だ。

「悪くないかな……」僕は、つぶやいた。


午後7時半。焼きソバで夕食をすませた僕らは、家を出た。

ノブはいまウエットスーツを身につけていない。Tシャツにショートパンツ。僕は、防水仕様の懐中電灯を持っていた。

森戸神社の海側に広がっている磯に向かう……。満月は、いま雲に隠れている。足元を懐中電灯で照らしながら、ひと気のない暗い砂浜を歩いていく。並んで歩いていたノブが、

「あの……」と口を開いた。少し恥ずかしそうに、

「まわりから何て呼ばれてるの？」と訊いた。

「おれ？」と言うと、ノブがうなずいた。

「……。雄次だから、まわりの連中はそのままユウジって呼んでるよ」

「……そっか……」

ノブがつぶやいたときだった。暗い砂浜に人の気配。僕は、足を止めた。行くてに人影……。そして話し声……。僕は、懐中電灯を消した。


二人の男がいた。手に小型の懐中電灯を持っている。何か、こそこそと話している……その声がきこえた。

「もう2、3枚、いけそうだな」という声。明らかに密漁中……。

僕は、やつらに向かい、

「あまり欲張らない方がいい」と言った。

男二人が、驚いた表情でこっちを見た。そのとき雲が切れて、あたりに月明かりが射した。

二人とも、30歳ぐらい。一人は、黒っぽいTシャツにショートパンツ。頭はつるつるに剃(そ)っている。あまり大きくないアワビを1枚手にしていた。

もう一人は、ジャージの下だけはいて、上半身は裸。その肩から腕にかけて派手な刺青(いれずみ)が入っている。目つきが鋭い。

「てめえは何だ」刺青のやつが言った。

「ひとにものを訊くときは、自分から名乗るのが筋じゃないか？」僕は言った。

「なんだと、このガキ」

「残念だけど、もうガキと呼ばれる年じゃない」

「このやろう……」と刺青。握っている磯鉄が月明かりに光った。ノブが僕の後ろに隠れた。

僕は、ひるまなかった。やつらは、二つの計算違いをしている。

まず、ここは砂浜だ。何をやろうとしても、足をとられる。やつらが暴力のプロだとしても、その腕の半分も発揮できないだろう。そして、僕は元サッカー選手。脚腰は鍛えてある。突っかかってくる相手との間合いをはかるのも自然に身についている。

刺青が、磯鉄を手に一歩つめてきた。僕はノブに振り向き、「離れてろ」と小声で言った。

「やろう！」

叫ぶなり、やつはかかってきた。が、砂に足をとられてその動きには鋭さがない。

僕は、相手との距離を見切る。左に体を開いた。やつが振り下ろした磯鉄が空を切った。その体が前のめりによろけた。

その腰をボレー・シュートのように蹴った。やつは、砂浜に転がった。

それでも、立ち上がりかけた。

僕は一歩踏み込む。その側頭部を、利き足の左で蹴った。

サッカーのスパイクを履いているわけではない。たいした衝撃ではないだろう。

が、やつは仰向けに転がった。やがて、のろのろと上半身を起こす。頭を左右に振っている。

軽い脳震盪を起こしているようだ。握っていた磯鉄は、どこかに飛んでいったらしい。

「このやろう……」と、もう一人の黒いTシャツ。僕を睨みつけた。

「文句があるなら、警察に言うんだな。もう通報してある」僕は言った。パーカーのポケットからスマートフォンを出して見せた。

ちょうどそのとき、海岸道路を走ってきた車のヘッドライトがこっちを照らした。

「ちっ」と黒いTシャツ。よろよろ立ち上がった刺青に肩を貸す。森戸神社の方にずらかっていった。あの様子だと、前科などありそうだ。警察の世話にはなりたくないのだろう。

2、3分して車のエンジンをかける音が聞こえた。
「怖かったか？」

訊くと、ノブは小さくうなずく、

「ちょっと……」と言った。僕らは、砂浜に腰をかけていた。肩を並べ、海の方を見ていた。銀色の月明かりが、海面に反射している。

「あんな人たち、初めてだから……」

ノブが小声でつぶやいた。その体が、まだ緊張でこわばっているようだ。僕は彼女の肩に左手をかけた。彼女が、僕の肩に頭をあずけた。

僕らの5メートル先では、波が砂浜を洗っている。

気がつけば、ノブの頬が僕の頬に触れていた。彼女は顔を上向きにした……。そして、自分の唇でそっと僕の唇に触れた。

そのふっくらとした唇に、僕はそっと口づけを返した。ほんの軽く唇が触れる不器用なキス……。彼女の肩が、かすかに震えた。慣れていない……。

一度唇を離す。そして、もう一度、ちゃんとしたキス……。ノブの唇は、かすかに夕食に食べた焼きソバの香りがした。

唇を離すと、ノブは大きく息を吐いた。

「初めて？」僕は小声で訊いた。ノブは恥ずかしそうな表情でうなずいた。僕の胸に顔を押しつけた。そして、

「初めてがユウジでよかった……」と、聞きとれないような小声で言った。波がリズミカルに砂浜を洗っている。


「ここに服おくぜ」僕は少し大きな声で言った。

10時過ぎ。僕の家の脱衣所だ。さっきの事にまだ少しおびえているノブは、今夜うちに泊めるしかないだろう。彼女はいま、風呂に入っている。僕は、パジャマがわりに、自分のシャツを脱衣所に置いた。

テレビでは、天気予報をやっている。今年は空梅雨になりそうだと予報士が言っている。僕は、バーボンの水割りをゆっくりと飲んでいた。風呂上がりのノブは、髪をタオルで拭きながら、テレビを見ている。だぶだぶに大きい僕のデニムシャツを着て

いる。やがてノブは、そのシャツの襟もとに顔を埋めた。

「ユウジの匂い……」と言った。

「おれの匂い？」

「そう……」

「だって、洗濯してあるぜ」と僕。洗剤を入れたぬるま湯でつけ置き洗い。それをゆすいで干すだけだが……。それを言うと、

「そっか……」とノブ。「でも……この洗剤とひなたの匂いって、ユウジの匂い……」と小さな声で言った。また、少し嬉しそうな表情でシャツの襟もとに顔をうめた。


1時間後。

ノブは、もう二階で寝ている。僕も、眠くなってきた。アクビをしながら、階段を上がる。僕の部屋の隣りに、ノブのために布団を敷いた。その前を通ると、ドアが少し開いている。彼女が、かけていたタオルケットをはいでいるのが見えた。この子は、割と寝相が悪いようだ。

僕は、部屋に入った。

磨りガラスから月明かりが入る板の間。ノブは、枕に頬をつけて寝ていた。

僕は、彼女に近づく。はいでいるタオルケットをかけてやろうとした。

ふと見れば、ノブの閉じた目尻に涙が浮かんでいる。何か、悲しい夢を見ているのだろうか……。僕が、タオルケットに手をかけようとすると、彼女が寝言を言った。

小さな声だったので聞きとりづらかったが、

「許して……」

と言ったようだった。彼女はまだ、中一のときの出来事に苦しんでいるのだろうか……。負傷した心は、まだ完全には癒えてないのだろうか……。

僕は、ノブの寝顔をじっと見ていた。木の葉の上の朝露のような涙が、月明かりに光っている。

僕は、彼女の体にそっとタオルケットをかけ、部屋を出た。

25　シェフが消えた

「こいつは何だ……」と亮一。船のステアリングを握ってつぶやいた。

隣りにいる僕にはわかっていた。船体が細かく振動している。

朝の8時。亮一と僕は、プロペラの修理を終えた〈明光丸〉の試運転をしていた。

岸壁を離れ、ゆっくりと港から出ていく。防波堤の先端をかわし、外海に出た。

亮一が、エンジンの回転数を上げていく。すると、船体に細かい振動……。

「どうしたんだ」と亮一。「プロペラは新品に換えたのに」と言った。そして、僕を見た。

その理由が、僕にはわかっていた。船員学校に通っていたので、船のメカについては、兄の亮一より詳しい。

「たぶん、シャフトの芯がずれてるんだよ」僕は言った。

「シャフトのセンター……」と亮一。僕は、うなずいた。

エンジンからの回転を伝える真っ直ぐなシャフトの先にプロペラが装着されている。そのシャフトの芯がほんの3ミリでもずれていたら、ペラを新品に換えても、振動が起きる。シャフトもペラも、4000回転以上で回るのだから……。

たぶん、ペラをぶつけたとき、シャフトも微妙に曲がってしまったのだろう。

「シャフトの修理が必要だな」と僕。シャフトの芯を完全にまっすぐにする〈芯出し〉という作業が必要だ。

「戻ろう」僕は亮一に言った。


「また上架して修理かよ……」

亮一が、少しうんざりした口調で言った。港に戻り、船を岸壁に着岸したところだった。そのとき、ノブの姿が見えた。伝馬に乗ろうとしている。これからアワビ漁に出るらしい。僕は、岸壁から彼女に手で合図をした。〈そっちに行く〉と伝えた。

「あの子か……」と亮一。「女の子だったんだな」と言った。僕は、うなずいた。

「知ってたのか？」

「ああ……あるときから」僕は言った。亮一は、うなずく。

「アワビ獲りの腕は、かなりいいらしいな……。しかも、この前よく見たら、けっこう可愛い子じゃないか」と亮一。ニヤリとして、「もう、やっちゃったのか？」と言った。

「馬鹿野郎」

僕は、亮一のわき腹に軽いパンチを入れた。ノブの伝馬船の方に歩きはじめた。


「漁協に？」とノブが訊き返した。港を出て3時間。今日も好調で、すでに4枚のアワビを獲った。

船の上でひと休み。そのとき、僕は漁協の話をした。そろそろ、漁協に組合費を入れてもいいだろうとノブに言ったところだった。

ノブを漁協員として登録するのは、とっくに僕が代理ですませてある。

ノブの船舶免許証と、葉山の町役場でとってきた戸籍謄本もいちおうそえて……。

漁協長の熊井は、〈あの石渡の赤ん坊は、女の子だったのか……〉とだけ言った。

両親が事故で亡くなり、ノブが西伊豆に引き取られていったのは、まだ一歳にもならない頃だったという。漁協の熊井でさえノブの性別を知らなくて当然かもしれない。

そのノブが、かなりアワビを獲っているという噂はそのうち広がるだろう。

「来月末あたりから、漁協に組合費を入れてやってもいいんじゃないか？」

僕は言った。組合費という呼び方だが、それは漁協の維持費であり、ここで漁をする権利金でもある。

「どのぐらい入れればいいのかなぁ」とノブ。

「稼ぎの1割ぐらいでいいんじゃないかな？　この漁協じゃ、わりと適当さ」

と僕。ノブは、素直にうなずいた。また潜る準備をはじめた。


「へえ……」僕は思わずつぶやいていた。

木曜の午後3時。ノブの家。

あのとき取材に来たガイドブックの編集長、田所がやってきた。そして、

「これが見本刷り」といってガイドブックを僕とノブに見せた。かなり立派なガイドブックだった。そのページを開いて、僕は〈へえ……〉とつぶやいていた。

レストラン・ガイドの最初のページ。しかも見開きで〈潮見亭〉が載っていた。

店の外観。店内。アワビの薫製のアップ。そして、ノブの顔写真がかなりの大きさで使われていた。それを見た彼女は、

「わ……」と小声を出し、恥ずかしそうに頬を赤らめた。

〈この一皿のために湘南を訪れる価値がある。〉というタイトル。本文は短めだが、アワビの薫製を絶賛してある。川島の名前はなく、ノブの名前だけが出ている。それを訊くと、川島と敏夫の希望だという。

「これを、川島さんたちには？」と僕。

「さっきお店に行って、見せてきた。で、この家の場所も聞いたんだ」

と編集長。僕とノブは、彼の顔を見た。わざわざ、ここまで来るとは、なぜ……。

「実は、ちょっと知りたい事があってね」と編集長の田所。「アワビの薫製を作ってる現場を見たかったんだ」と言った。

「現場……」ノブがつぶやいた。

「私も、レストラン・ガイドの仕事を30年以上やってて、取材で世界中を回ったし、魚介類の料理もさんざん口にしてきた」と田所。「そんな私でも、あんなアワビの薫製を口にした事はない。はっきり言って、衝撃だった」

彼は、ノブを見た。「そこで、君があれを作ってる現場を見たくなったんだ」と言った。ノブは、ちょっと困った表情……。

「現場って言っても、ここで作ってて……」とつぶやいた。後ろを振り向いた。かなり広い庭。背の低い夏草が茂っている。南側では、トマトとキュウリが作られている。そんな庭の片隅に、あのドラム缶がある。

「これで薫製を？」田所が訊いた。ノブがうなずく。彼は、ドラム缶に近づく。その中を覗いた。いま、中は空だ。

「で、薫製にするためのチップは？」

と田所。ノブは、無造作に積んである木片を目でさした。彼は、腕組み。じっと、ドラム缶と木片を見つめている。どうやら納得できない様子……。小声で、

「なぜ……」とつぶやいた。


「そう言えば、あの川島さんの事で……」僕は、口を開いた。

田所は、縁側に腰かけていた。ノブが出した麦茶を飲んでいた。

「ああ、川島さんねえ……」と彼。「どうにも、人違いには思えないんだが」とつぶ

やいた。

「もし、人違いじゃなかったら？」と僕。彼は、しばらく麦茶のコップを見ていた。

やがて、

「私は、じかに会った事がないんだが……。川島明という伝説的な料理人がいてね」

と田所は、口を開いた。その料理人は、東京の有名レストランで修業をして、そのあとサン・フランシスコに渡ったという。

「川島明は、サン・フランシスコにある超一流のシーフード・レストランで、シェフを10年ほどつとめた」

と田所。そして、

「サン・フランシスコの沖には寒流が流れているから、いいシーフードの食材が獲れるんだ」と言った。「そのサン・フランシスコのレストランで、川島明はさまざまなシーフード料理の傑作を生み出した……」

僕は、胸の中でうなずいた。〈霧のサンフランシスコ〉という古い曲があるけれど、海に流れる寒流と気温の温度差で、実際に濃い霧が発生するという。

だから、サン・フランシスコの沖では船舶事故が起きやすいと、船員学校で教わったのを思い出していた。

「その後、川島明は帰国。伊勢湾に面した日本でも最高ランクの〈伊勢グランド・ホテル〉に総料理長として招かれた。彼はすでに、伝説的なシェフになっていたんだ。彼は〈伊勢グランド・ホテル〉でも、地元のシーフードを使った素晴らしい料理を生み出した」

と田所。

「日本の料理人として頂点に昇(のぼ)りつめようとしていた川島明だが……」

そこで、一度言葉を切った。僕は、彼の横顔を見た。

「だが……〈伊勢グランド・ホテル〉の総料理長として仕事をはじめて3年目、川島明は突然姿を消した」

「……姿を消した……」

僕は、つぶやいた。田所のコップに麦茶を注いでいたノブも、思わず手を止めた。

遅い午後の風が吹き、庭に自生している紅(あか)い野薊(のあざみ)の花が揺れた。

「あれから、もう一年近くになるかな……」と田所がつぶやいた。

「川島明が姿を消してから一年？」と僕。

「ああ……。〈伊勢グランド・ホテル〉では、あわてて副料理長を後釜にすえて、川島明が姿を消した理由については口をつぐんでいるよ」

「で、あの彼が、その川島明である可能性は？」僕は、訊いた。3秒ほど考え、「99％」と彼は言った。「当時、川島明の仕事ぶりを追ったドキュメント番組を観た事がある。おそらく、間違いない。彼は、あの川島明だよ」

「それじゃ……。ガイドブックは来週には書店に並ぶよ」と田所。僕らと握手した。

「また、取材に寄らせてもらうかもしれないけど、よろしくね」

そう言うと、庭を出ていこうとした。そして、また一度ふり向いた。

庭にあるドラム缶を2、3秒眺めた。僕らに微笑すると、庭から出ていった。

彼の心には、疑問が残っているのだろう。こんな古ぼけたドラム缶と、その辺で拾ってきた木片で、なぜあんな薫製が作れるのか……。その事が、解けない謎としてあるのだろう。

それは、僕も同じだった。

けれどいま、僕の中にある最大の疑問は、川島に関する事だった。料理人として頂点に昇りつめようとしていた男が、なぜ突然姿を消したのか……。

そしていま、自分は表に出ず、ノブをバックアップしているように見える。その理由はどこにあるのか……。僕は、夕方近い空を見上げた。茜色(あかねいろ)が広がっている。

「ケンイチを海に帰す？」僕は、訊(き)いた。ノブは、うなずいた。

蟹(かに)のケンイチは、まだポリバケツの中にいた。ノブは、しょっちゅう海水をかえてやっていた。エサになる海藻をバケツに入れてやっていた。ケンイチは、バケツの中でのんびり暮らしているようだった。

「こいつを海に？」訊くとノブは、うなずいた。

「そろそろ帰してあげたいんだ」

その10分後。僕らは、港の岸壁にいた。ノブは、バケツを手にしている。

「じゃあね！」と言った。バケツに入っているケンイチと海水を、海に流した。夕方の陽射しが揺れている海面。海に戻ったケンイチは、サヨナラを言うようにツメをゆっくりと動かしながら、ゆらゆらと海中に消えていく……。

「わたし、やっぱり寂しかったんだ……」ケンイチが消えていった海面を見つめて、ノブはつぶやいた。

「そりゃそうだよな……。だから、ケンイチと話をしてた……」と僕も海面を眺めてつぶやいた。生まれたばかりの小魚の群れが、海面を泳いでいく。

「でも……もう、寂しくない。恋人ができたから……」

ノブは、小さな声で言った。そっと、僕に体を密着させてきた。

僕は無言で、ノブの肩を左手で抱いた。ノブの体温を感じる……。涼しくなってきた海風が、僕の前髪を揺らせていた。


「恋人？　とうとう、あの子とやっちゃったの？」

と雅子。レモンサワーを片手に言った。

26　しょっぱい背中

夕方の5時過ぎ。僕と雅子は、またクリニックの近くの焼き鳥屋にいた。一杯目のレモンサワーとビールに口をつけたところだった。

〈恋人ができたから、もう蟹のケンイチがいなくても寂しくない〉そんなノブの言葉を説明したときだった。〈あの子とやっちゃったの?〉と雅子が訊いたのだ。僕は、苦笑い。

「まだだよ。この前、やっとキスした」

「キスか……」と雅子。ツクネの串を手にした。そして微笑。

「やっぱり、あの子、奥手なのね」と言った。「キスしたから、恋人か……」とつぶやいた。

そして、何か考えはじめている。やけに長く考えている……。やがて、僕を見た。

「あなたなら、男女の関係がどこまでいったら、恋人と呼べると思う？」

「……まあ、セックスしたら、かな……」

「私も、ごく自然にそんな感じで思ってた。……でも、それって実は法律でも条例でも決まってないのよね」雅子は苦笑した。

またしばらく考える……。

「あの子にしてみたら、あなたとファーストキスをした、それであなたの事を、恋人だと思っている……。私も一瞬、えっと思ったわ……。キスしたら恋人？……でも、よく考えてみたら、そんなに変な事なの？　何もない小さな漁村で、ひたすら海に潜って育った16歳の女の子がそう思って、何かおかしいのかな……」

と雅子。

「彼女にとって、キスした相手は恋人……。それに対して誰も〈違う〉なんて言えないような気がする」

と言い、またしばらく無言でいる……。何かを深く考えている横顔……。やがて、ゆっくりと顔を上げた。

「私たち大人って、つまらない思い込みが、ぜい肉みたいにつき過ぎてるのかもしれない……。一度余分なぜい肉を捨ててみる必要があるのかもしれない。人の心を治療する立場の人間として、あらためて考えさせられるわ……」

静かな声で、雅子は言った。

「ところで、あの会社員の患者は？」僕は、訊いた。

「やっかいね……」と雅子。苦笑いして、レモンサワーに口をつけた。

「彼は一流大学を出て一流企業に入社。あの年だと、中間管理職っていう立場なんでしょうね。部下もかなりいて精力的に仕事をしてたらしいわ」

僕は、うなずいた。

「そんな彼から見ると、29歳の私なんて、部下のＯＬと同じ年。そんな若い女の医師に、本当の心の悩みを話すなんて、プライドが許さないのかもしれない……」

と彼女。焼き鳥のレバーをかじった。

「そんな調子だから、かなり強い鬱であるのは確かなんだけど、その原因がつかめないわ、相変わらず……。困ったわ」

と、また苦笑い。レモンサワーに口をつけた。焼き鳥の脂が炭に落ちるジュッという音がした。

「ほんとに空梅雨だな」僕は青空を見上げて言った。

午後の2時。僕とノブは船の上にいた。一色海岸の沖に錨(アンカー)を打っていた。

すでに5枚のアワビを獲(と)った。クーラーから出した冷たい麦茶を飲んで、ひと休みしていた。

強い陽射しが海面を叩(たた)いていた。6月の後半だというのに、梅雨の気配はない。気温は、すでに真夏だった。ノブは、ぶ厚いウエットスーツを脱いで水着姿になっていた。

彼女は、ペットボトルの麦茶を飲み、キャップを締める。そのボトルをクーラーに戻そうとした。

そのとき、１００メートルほど沖をプレジャーボートが突っ走っていき、その曳(ひ)き波で、僕らの伝馬船(てんません)が揺れた。

ノブは、体のバランスを崩す。その体を僕が受けとめた。自然に、彼女の体を抱くような形になった。時が止まったような一瞬……。

やがて、ノブの顔が僕の顔に近づいてきた……。

柔らかいキス……。あの夜のファーストキスから数えて3回目だった。不器用で可愛らしかったキスが、しだいに本格的なものになっていた。

とはいえ、ここは狭い船の上。僕らは、しばらくキスをして、唇を離した。

ノブは、僕に頭をあずける……。その首筋が、目の前にあった。

ミルクコーヒー色の肌。すべすべの首筋と頸(うなじ)。きれいだった。

僕は、その頸にそっと口づけをした。ノブの体が一瞬かすかに震えた。そして、ほっと息を吐いた。彼女が嫌がる様子はなく、自分からうつ伏せになった。

僕は、彼女の頸にそっとキスし続ける……。そして、ほっそりとした肩にもキス……。肩の素肌は、熱を持っている……。

ノブが身につけているのは競泳用の水着なので、背中はあまり出ていない。が、肩甲骨は露出している。

僕は、引き締まったその肩甲骨に唇を近づけ、そっとキスをした。

そのとき、ある味と匂いを感じた……。

それは、ごく簡単に言えば、塩味と潮の香りだった……。

理由は、すぐにわかった。

ノブの体は、海に潜って濡れていた。それが、船上で強い陽射しを浴び、乾いた。

その体を濡らしていた海水が乾いて、塩分になった……。そういう事らしい。

そのしょっぱい味と潮の匂いに、僕は何かむずむずするのを感じた。勃起しかかっていた。

僕は、彼女の肩甲骨に、ちゃんとキスをした。ノブの体が、ぴくっと震えた。

「くすぐったい？」僕は訊いた。

「……ちょっとくすぐったいけど……なんか、気持ちいい……」

小学生のような口調で、ノブがつぶやいた。

あたりを見回したが、近くに船影はない。

僕は、ノブの水着に手をかけた。肩のあたりをずらす……。うつ伏せになっている彼女は、嫌がらなかった。僕が水着をずらすのに協力してくれる……。

やがて、ノブの背中がかなり露出した。ミルクコーヒー色の肌は、はりつめている。

肩甲骨がくっきりとして、ウエストに向かって背中はほっそりとしていく。

僕は、その背中にキスをした。唇で、しょっぱさを味わう……。

ノブのお尻が、もじもじと動いた。はぁ……と息を吐いた。彼女も感じているのだろうか……。

気がつけば、僕は完全に勃起していた。ノブのお尻からウニのトゲを抜いた、あのときも勃起した。が、いまはさらに昂まり、あそこが屹立していた。

また、ノブの背中とお尻がもじもじと動き、はぁ……と息を吐いた。続けて、「あっ……」と小さな声がもれ、全身がびくっと震えた。

僕は彼女のしょっぱい背中にキスをし続ける。はいているボードショーツの前が突っ張っている。

頭上では、チイチイというカモメの鳴き声がしていた。南風。青空。ソフトクリームのような白い雲。陽射しが熱い……。

「それが変態なら、世の中、変態だらけよ」

と雅子。スマートフォンから、笑い声が聞こえた。

夕方の5時過ぎ。ノブは、彼女の庭で獲ったアワビを薫製にしている。僕は、自分の家から雅子に電話をかけていた。

さっきの事を話していた。ノブのしょっぱい背中に、つい勃起していた。その事を、雅子に告白していた。

「おれ、やっぱり変態かな……」と訊いた。とたんに、雅子の笑い声が響いた。

「シャネルの香水より、塩田(えんでん)になった背中の匂いってわけね」

「まあ……」

「いいじゃない、健康的で。人間本来の生命力を感じるわ」と雅子。僕はさらに説明する。出来るなら、ノブのしょっぱい背中を舌で舐(な)めたかったと……。

「舐めてあげればいいじゃない？」と雅子。笑いを含んだ口調。

「そんな……」と僕。

「あなたはかっこいいけど、セックスに関してはまだ初心者ね」

雅子がからかうように言い切った。やれやれ……。

「世の中、いろんな人がいるのよ。たとえば女性の足の指をしゃぶり続ける性癖の男性も、かなりいるらしいわ。それに比べたら、塩田になった背中にキスするなんて、なんでもないわよ。むしろ、健康的じゃない」

と彼女。僕は、冷蔵庫から缶ビールを出してひと口。頭を冷やす……。

「だいたい、いまの世の中、無味無臭になり過ぎてて、ちょっと違う気もしてるんだけどね……」

と彼女。

「私がまだ学生の頃、バンドをやってる彼がいて……。彼が、ライヴハウスに出るときは、よく行ったんだけど、ステージをやった後の彼と抱き合うのが好きだった」

「へえ……」

「かいたばかりの汗でびっしょりの彼が好きだったわ。ステージの後の楽屋で抱き合った事もあったなぁ……」

雅子は言った。言葉の中に、そんな奔放な日々を懐かしむようなニュアンスをふと感じた。彼女はいま、自らが望むのとは違う場所にいるのだろうか……。

僕はまたビールを飲む。心をクールダウン……。

「で、背中にキスされて、彼女は感じてたの？」と雅子が訊いた。

27　雨漏りはショパンの調べ

「なんか、お尻や背中がもじもじと動いてた」

僕は言った。ノブの背中にキスをした。そのときの状況を説明する。水着をずらしたが、本人は嫌がらなかったとも……。

「それは、いい感じなんじゃない？」と雅子。

「個人差はあるけど、首筋、背中やわき腹って、感じる場合は多いと思う。洋画とかで、そんなセクシーなラヴシーンを観た事あるでしょ？」

「……まあ……」

「だから、彼女もたぶん感じてたんだと思う、保証は出来ないけど……。青少年、頑張って」

と雅子。その声が、笑みをたたえている。

「でも……考えてみたら、彼女、ヴァージンよね」

「ああ……」

「最初の相手が本当に好きな人って幸せだけど、くれぐれも優しくね」

「……わかった」

僕は言った。通話を切りながら、ふと思い出す。高校生だった頃の同級生との初体験。二人とも初めてだったので、かなり大変だったのを思い出していた。


電話を切った5分後、着替えを持ったノブが家に入ってきた。

つい2日前の夜、葉山町内で強盗傷害事件が起きた。自宅にいた中年女性が重傷を負ったが、犯人は逮捕されていない。

あの無用心な家にノブを置いておくわけにはいかないので、しばらくは僕の家に泊まる事にしていた。

ノブは、着替えを持って風呂場（ふろば）の方にいく。目が合うと、ちょっと恥ずかしそうに頬を赤くした。最近ではよくある事だけれど……。

電話がきたのは、その日の午後の4時だった。

ノブは、庭でトマトとキュウリの手入れを終えていた。縁側のそばに置いた七輪でサザエを焼きはじめていた。潜ってアワビを探している最中に獲ってきたサザエだ。

そのとき、僕のスマートフォンに着信。市外局番から、静岡だとわかる。たぶん、船員学校だろう。電話に出る。

「紺野君?」

その声は、やはり教官の松井だった。教官の中でも話がわかる方で、生徒にも評判がよかった。僕に対しても、ごく自然に接してくれていた。

「どうしてる?」

「まずまず……」

そんな平凡なやりとり。やがて、

「どう、そろそろ学校に戻ってくる、そんな気にはならないかな?」と松井。

「でも、あんな事があったわけだし……」と僕は言葉を濁した。5分ほど話し、

「……そうか。気持ちが変わったら連絡をくれないか」

と松井。僕は、わかったと答え電話を切った。ノブが、サザエを焼きながら、やり

とりを聞いている。

気圧が下がってきたのを感じた。珍しく天気が崩れるのかもしれない。

「静岡の船員学校で、何かあったの?」とノブが訊いた。

僕らは縁側に腰かけ、サザエの壺焼きを突ついていた。僕は、サザエをひと口かじり、缶チューハイに口をつける。

しばらくは、迷っていた。ノブに話そうかどうか、かなり迷っていた。けれど、話す事にした。二缶目のチューハイに口をつけながら、ゆっくりと話しはじめた。

船員学校で仲の良かったマサルというやつが、訓練航海の最中に自殺してしまった。まず、その事。そして、僕へあてた遺書があった。

「遺書……。どんな……」

とノブ。その表情が曇っている。というより、心配そうな顔……。僕は少し躊躇したが、ありのままに話す事にした。マサルの遺書には僕への恋愛感情が告白されていた……。

「恋愛感情?」

「そう……」

「それって、男の人から男の人への恋愛感情？」

「ああ……。マサルは、おれに対してそういう感情を持っていたらしい。でも、おれはそれに全く気づかなかった。そして、訓練航海の最中、マサルにきつい事を言ってしまったんだ」

「……そのせいで、その人は自殺を？」とノブ。

「まず間違いなく」と言い僕はうなずいた。そのときの状況を説明した。

「あいつが自殺したあと、特に教官からはいろいろ問い詰められたよ。マサルとおれの関係について……」

「それって？」

「マサルとおれの関係がどうだったのかについて」と僕。

「でも、ユウジにはそういう恋愛感情がなかったんでしょう？」

「ああ、なかった。マサルはすごくいいやつだったから友情は感じてたけど……。でも、おれとマサルの関係をしつこく問い詰めるその教官と言い合いになって、結局、相手を突き倒してたよ」そう言って苦笑い。

「そんなトラブルがあって、船員学校は当分休む事にしたんだ。でも……」

「でも？」

「マサルの片想いだったにしても、たぶんその事に悩みながら死んでいったあいつの事を思うと、いたたまれない。いまでもそれを夢に見たりするんだ……」

僕は言った。親しい者に死なれた悲しみは、ボディーブローのようにじわじわと心を痛めつけてくる。それを話すと、ノブはうなずく。

「ユウジ、ときどきうなされてるよね……」

「ああ……。マサルが自殺した日の事が夢に出てきてね……」と僕。そんな事を話せるほど、ノブに心を許している自分に気づいていた。

ノブは、ゆっくりとうなずいた。

再び、サザエを七輪にのせて焼きはじめた。そうしながら、何かじっと考えている……。

「雨漏りかよ……」僕はつぶやいた。

夜の10時。僕は布団に入っていた。やはり8時頃から、雨が降りはじめた。窓が、雨粒で濡れている。

ふと気づくと、ポタッという音がした。10秒ほどして、また同じ音……。どうやら、雨漏り。この古い家ならあり得る事だ。僕は、一階におり、洗面器を持ってくる。部屋の隅、板の間が濡れている。そこに洗面器を置いて、雨漏りを受ける。

部屋のドアが、静かに開いた。僕は、首を回す。ノブが、立っているのが、薄暗い中で見えた。彼女は、僕の布団に近づいてくる。

「おフトンに入っていい？」と小声で言った。僕は、うなずく。

「ああ……いいよ」

ノブは、僕のとなりに滑り込んできた。僕は、彼女の体を抱きとめた。彼女も、体を密着してくる。

やがて、ソフトだけど熱いキス……。そのとき、僕は気づいた。ノブは、だぶっと大きなTシャツ以外、何も身につけていないようだ……。Tシャツごしに彼女のバストと乳首を感じた。

唇を離したノブが、かすれた小声で、

「……抱いて……」と言った。

窓に当たる雨粒の音が、やけに大きく聞こえた。心拍が速くなるのを僕は感じていた。ノブの体温と体のボリュームを感じる。僕の下半身は反応しかけていた。

同時に、頭を回転させる。

なぜ、彼女がいま僕と初体験してもいいと思ったのか……。その理由が、なんとなくわかってきた。

さっき話した事……。

僕が船員学校に行ってたときのトラブル。そして、心に抱えた傷……。

もし自分とひとつになる事で、その傷を少しでも癒す事が出来るなら……。

彼女がそんなふうに考えたとは想像できる。そして、その想像はあまりはずれていないと思えるのだった。

ノブと僕は、もう完全にお互いを愛しはじめている。そんな彼女の胸の裡では、愛する相手のためなら何でもしたいと決心しているのだろう……。

そのけなげさを思うと、ノブに対する愛おしさが、これまでにない強さで湧き上がってくるのを、僕は感じていた。

同時に思っていた。言うまでもなく、女性にとって初体験は大切だ。もちろん、ノブにとっても……。

彼女は、経済的には貧しい環境で育った。

雅子の言葉を借りれば、〈何もない小さな漁村で、ひたすら海に潜って育った16歳の女の子〉。

そんな女の子の初体験が、雨漏りのするこんな殺風景な部屋では、あんまりだ。あまりに可哀想ではないか……。その思いが、僕を自制させた。

「気持ちは嬉しいけど、今夜はやめておこう。まだ、うけとめる心の準備ができてない」僕は、彼女の耳元でささやいた。

「……じゃ？」とノブ。僕は、しばらく考える……。やがて、

「もうすぐ、誕生日だよな」と言った。ノブが、小さくうなずいた。

7月7日で彼女は17歳になる。あと2週間ほど……。

「そのあたりで、どうかな？」

ノブは、しばらく無言でいた。そして、うなずいた。僕らは、優しさのこもったキスをした。

ノブは、僕の胸に頬を押し当てた。彼女の髪からは、シャンプーの匂いがしていた。僕は、ポタッポタッと洗面器に落ちる雨漏りの音を、じっと聞いていた。

僕らの体は密着している。ノブのバストと体温を感じる。だいぶ前から勃起していた。クールダウンが必要だ。僕は、違う事を考えようとした。

そう言えば、〈雨音はショパンの調べ〉という曲があった。

雨漏りも、ショパンの調べなのかな……などと、つまらない事をふと考える。やがて、ノブの寝息が聞こえはじめた。

「おい、すごい事になってるぞ」

という敏夫の声がスマートフォンから響いた。

28　矢車草のベッド

「すごい事？　店に強盗でも入ったのか？」僕は言った。

「そんな事じゃない。予約の電話が鳴りっぱなしなんだ。あのガイドブックのおかげで」と敏夫。例のガイドブックが出て、もう1週間以上たつ。その効果があらわれたらしい。

「とにかく、ノブちゃんに言ってくれないか。アワビ、いくらでも獲ってきてくれって」

「わかったよ」僕は答えた。

〈こちらは中里クリニックです〉という留守番電話のメッセージが流れてきた。年配のナースの声だった。〈本日は臨時の休診とさせていただきます……〉僕は、電話を切った。雅子のスマートフォンにかけた。6回目のコールで、彼女が出た。

「どうした、休診って……」

「……ちょっとね。いろいろあって……」と雅子。その口調が、いつもと違う……。何か、沈んだトーンだ。

「いま、どこ？」

「……七里の駐車場」と雅子。

「行ってもいいかな？」

「……うん……」

10分後。僕は軽トラを運転していた。漁具などを運ぶための軽トラで、国道134号を走っていた。逗子海岸、材木座を過ぎ、七里ヶ浜へ……。

やがて、海を望む広い駐車場に入った。薄曇り。風はやや涼しい。目の前の海に、サーファーの姿は少ない。雅子のワゴンは、海に向かって駐まっていた。彼女は、ボンネットにもたれて海を見ていた。ジーンズ、綿のパーカー。目を細めて水平線を見ている。近づいていく僕に気づくと、うなずいた。

僕は、彼女と並んでワゴンのボンネットにもたれた。水平線を眺める。

「何かあった？」僕は訊いた。雅子は、しばらく無言。じっと海を見ている。やがて、ぽつりと口を開いた。

「……あの、鬱でクリニックに来てた会社員の患者さん、いたでしょう？」

僕は、軽くうなずいた。

「あの彼が、自宅で手首を切った……」抑揚のない声で彼女が言った。

「手首を切った……」思わず僕は訊き返していた。彼女は、うなずく。

「お風呂場……果物ナイフで……」とだけ言った。

「で？」僕は、彼女の横顔を見ていた。

「……家族が発見したのが早かったから、ぎりぎり命は取り止めたって……」

「それって、いつ……」

「昨日の夜。彼が搬送された救急病院から私に連絡がきたのが、22時。その時点では、輸血もして、なんとか心肺の停止はくいとめられたと……」

「で、いまは？」

「命は取り止めたけど、まだ昏睡状態らしい……」と雅子。ため息をついた。無表情で海を見ている。

「……彼が自宅で手首を切って、救急車で運ばれていたとき、私はあの杉本さんとレストランにいたの」

「レストラン？」

「鵠沼にあるフレンチの店で、彼と食事してた……。彼からは、そろそろ本気で結婚を考えてくれないかという話が出てて……」

「……結婚……」

僕はつぶやいた。あの彼が雅子との結婚を考えている……。それは聞いていた。

「そんな話をしながら、高級なワインを飲みながら鴨のコンフィを口に運んでた……。そのとき、瀕死の患者が救急車で運ばれてるとも知らずに……」

雅子は言った。

「……でも、それは仕方ないんじゃないか？　その患者が自殺をはかるかどうかなんて、完全には予想できないんだから……。救うのは難しいんじゃ？」

僕は言った。彼女はしばらくうつ向いていて、顔を上げた。

「その通りね。どんな医師でも患者を救えない事はある。というより、救えない事は多いかもしれない……。そして、それに慣れなきゃいけない……」

彼女は海を見たままつぶやいた。雲が切れ、薄陽が射してきた。海面が銀色に光る……。

「医者って、因果（いんが）な職業ね……」雅子は、自分に言いきかせるように言った。水平線から吹いてくる海風が、彼女の髪をかすかに揺らせている……。


「あ、切妻（きりづま）屋根……」

とノブ。洋館の二階を見上げて、つぶやいた。

７月７日。ノブの誕生日。僕らは三戸（みと）海岸に来ていた。

葉山から、国道１３４号を40分ほど南下。油壷（あぶらつぼ）の少し手前で、１３４号から、海に向かう脇道に入った。

キャベツやレタスの畑が広がる丘陵地帯を３、４分走ると、三戸海岸に出る。

海沿いの木立の中に、一軒の洋館……。ひっそりとした隠れ家のようなホテルだ。

僕は、亮一から借りたスカGをホテルの敷地に駐めた。

クルマをおりたノブが、洋館の二階を見上げて〈切妻屋根……〉とつぶやいたのだ。

僕は、〈……そうか……〉と胸の中でつぶやいていた。

〈切妻屋根〉といえば、あの『赤毛のアン』……。

アンが引き取られたプリンス・エドワード島の家。アンが暮らす二階の部屋には、一種の出窓があり、三角形の切妻屋根がついている。

その切妻屋根はグリーンに塗られ、家のシンボルになっている。

〈切妻屋根〉は英語で、〈Gables（ゲイブルズ）〉。

〈グリーンの切妻屋根〉は、そのまま小説『赤毛のアン』の原題である〈Anne of Green Gables（アン・オブ・グリーン・ゲイブルズ）〉になっている。

物語の中のアンは、この出窓に佇（たたず）み、泣いたり笑ったり、物思いにふけったり……。

いま、僕らの前にある洋館の二階には、確かにそれとよく似た切妻屋根が見える。

この洋館は、シェイクスピアはじめイギリス文学の翻訳をやっていた有名な英文学者が、60年ほど前に建てたものだという。

それを高梨（たかなし）といういまの経営者が改装してホテルにした。三部屋しかない、ひっそりとしたホテルだ。

僕らは、小さな荷物を手にホテルに入った。ロビーでは、初老の高梨が迎えてくれた。彼は食材にも強いこだわりがあり、よくうちのシラスやアオリイカを仕入れる。そんな事で知り合った仲だった。

「待ってたよ」と、高梨は僕らに穏やかな笑顔を見せた。

7月7日の今日は七夕だが、平日。僕ら以外の宿泊客はいないようだ。

「わぁ……」とノブが小声でつぶやいた。

僕らが案内された部屋は、一番いい部屋だった。リビング・ルームとベッド・ルームの二部屋。

ベッド・ルームには、出窓があり、窓を開くと木立のすぐ向こうには三戸海岸の海が見える。ノブは出窓に佇み、

「なんだか、アンになったみたい……」とつぶやいた。

やがて、部屋を珍しそうに探索していたノブは、風呂場に入った。なかなか出てこない。

「どうした?」僕は風呂場を覗(のぞ)いた。

「これ……」とノブがかたまっている。僕も風呂場を見た。

その白いバスタブは、微妙な楕円形。四隅に脚がついている。ヨーロッパ映画に出てくるようなやつだった。たぶん、この洋館を作ったときから使われている物だろう。

「マリー・アントワネットにでもなった気分で、ゆっくり入れよ」僕は微笑しながら、バスタブに湯を入れはじめた。


やがて、一階のダイニングで夕食。

高梨が、サングリアを勧めてくれた。僕とノブは、それで17歳の誕生日に乾杯をした。そして、

「はい、特製のロールキャベツ」と高梨みずから皿を運んできた。

あまり洒落たコース料理だと、ノブが緊張するに決まっている。その辺は、あらかじめ高梨に伝えてある。今夜のメインは、ロールキャベツ。すぐ近くでとれた三浦野菜のキャベツ。そして、挽肉は最高級の葉山牛を使っているという。

僕は、ロールキャベツをひと口……。そして、黙った。こんなロールキャベツを食べたのは初めてだった……。ノブも、しみじみとした表情で食べている。静かな夜がふけていく……。

夕食を終え、部屋に上がった。いよいよ……。

ノブが、そっとベッド・ルームのドアを開けた。そして、息を呑んだのがわかった……。枕とその周辺には、一面に青い矢車草がちりばめてある。

このヒントをくれたのは、雅子だ。彼女の部屋で飲んでいたときだ。聞き覚えのある曲が流れてきた。

「これって、なんだっけ?」と僕。

「Bon Joviの〈Bed Of Roses〉よ」と雅子。

ボン・ジョヴィは、さすがの僕でも知っている。そのなかでも、好きな曲だった。

僕が耳を傾けていると、

「バラのベッドに君を横たえたいっていう内容の曲ね」

と雅子。そのとき僕の脳裏に浮かんだのは、バラの花びらをちりばめたベッドに彼女を横たえて……という光景だった。そのイメージは、心の中に消え残っていた。

このホテルに来る途中、134号に面して直売所があるのを見かけた。三浦野菜やスイカが並んでいるスタンド。そこに花も売られているのが見えた。

ノブが風呂に入ったので、僕は部屋を出て車に……。

走って5分。134号に面して直売所があった。簡単な台に野菜やスイカが並んでいて、花もあった。それは、素朴な青い矢車草だった。

僕は、1束200円の矢車草を3束買った。そしてホテルに戻ると、ベッドの上、特に枕とその周辺に矢車草をちりばめた。彼女にとっては、人生でただ一度の特別な夜なのだから……。

ノブは、矢車草が敷かれたベッドをじっと見ていた。やがて、「この花、好き……」とつぶやいた。そして、僕の胸に頬を押しつけた。僕の首に両手を回した。もう言葉は必要なかった……。


その夜、優しく熱く、僕らはひとつになった。窓の外からは、かすかな波音が聞こえていた。


夜の11時半。僕らはベッドで寄り添っていた。ノブは、僕の胸に顔をつけていた。

ふと、僕は素肌に温かいものを感じた。

やがて、それはノブの涙だとわかった。彼女の頰をつたった涙が、僕の裸の胸を濡

らしていた。僕が何か言おうとすると、彼女が、

「嬉しくて……」

と小さな声で言い、ぐすっと鼻をすすった。その気持ちは、僕も同じだった。

窓の外、三戸海岸からは、相変わらずかすかな波音が聞こえていた……。


「5000円に？」

僕は訊き返していた。水曜の午後1時過ぎ。出来上がったアワビの薫製を〈潮見亭〉に持っていったところだった。ノブは、庭でトマトやキュウリの手入れをしている。

いま〈潮見亭〉の店に敏夫はいない。僕と向かい合った川島が、〈アワビの薫製を、500円値上げして、1枚5000円で買い取る〉と言ったのだ。

これまで、1枚4500円だったものを、5000円にすると……。

「それって……」と僕。

「予想通り、あの一皿がすごい人気だからさ」と川島。店では、2週間先まで、予約

が一杯。席数の都合で、断る場合が増えてきているという。

「だからといって、あの子にあまり無理はして欲しくない。潜ってアワビを獲るのは重労働だから……」と川島。

僕は、うなずいた。いくらあの一皿が人気だからといって、ノブに、無理をしてまで沢山のアワビを獲って欲しくない。だから、1枚あたりの単価を上げる……。そういう事らしい。

「ずいぶん、ノブの事を……」

僕は、つぶやいた。川島が、ノブに対して、何か特別な心遣いをしてくれている。それは、以前から感じていたけれど……。僕は、じっと川島を見た。彼は、しばらく無言。やがて、

「ちょっと、釣りでもやらないか？」と言った。

29　君はもう戻らないけれど

30分後。僕と川島は、港の岸壁にいた。缶ビールを手に小物釣りをはじめていた。

やがて、川島は缶ビールに口をつけ、

「……瀬戸内海の明石で生まれたんだ……」ぽつりと話しはじめた。

「明石か……。真鯛で有名な……」

「ああ、親父が鯛料理の割烹をやってた事もあって、私は子供の頃から料理人になろうと思っていた……」

川島は、慣れた手つきで釣りバリに餌をつけ、海に入れた。明石で生まれたという経歴がうなずける動作だった。

「高校を卒業すると、東京に出た。麻布にあるシーフード・レストランにコックの見習いとして就職した」

「……そこで腕を磨いた？」

「まあね。とにかく、仕事熱心だったとは思う。朝から夜中まで、頑張ったな……」

と川島。その浮子がぴくりと動いた。が、竿は立てない。小魚が餌を突ついている
だけだ。僕は、ガイドブックの編集長・田所から聞いた川島の経歴は胸にしまう。黙
って彼の話を聞いていた。

「その店で10年ほど仕事をしたところで、副料理長になった。その頃に、結婚もした
よ」と彼。29歳前後で結婚……。

「その3年後には、子供も出来た」

「息子？」

「いや、娘だ。真弓と名づけた」と彼。

そのとき、僕の浮子がすっと海中に消えた。落ち着いて竿を立てる。手のひらより
小さいメジナが上がってきた。ハリからはずし、海に返した。

「……だが、その4年後には、離婚するはめになった……」と川島。

「離婚……」

「私が仕事に没頭し過ぎて、妻を放ったらかしにしたのが原因かもしれない……。妻

は、ほかの男のところへ去っていった」

そのとき、川島の浮子が海中に……。彼は竿を立てた。が、何もかかっていない。川島は、「ちっ」と舌打ち。餌をとられた事に舌打ちしたのか、離婚の事を思い出したのか……。


「いろいろなやりとりがあったが、結局、私が引き取った。妻が再婚する相手も再婚で、二人の子供がいたので……」

僕は、うなずく。ハリに新しい餌をつけ海に入れた。

「たまたまその頃、ある人の紹介で、サン・フランシスコの店で仕事をしないかという話がきたんだ」と川島。「離婚のゴタゴタもあって、気分を一新したいときだったんで、私はその話をうけたよ」

「子供は？」

「真弓はまだ4歳半だったが、アメリカではベビー・シッターのシステムが確立されているというので、連れていく事にした。実際、シッターが子供だった真弓の世話をみてくれて、私は仕事に没頭できた」

「子供は？」と僕。

と川島。その店では、就労ビザなどの手続きとともに、ベビー・シッターの手配まですませてくれていたという。

「そのサン・フランシスコでも実績をあげた？」と僕。川島は、軽くうなずいた。自慢する様子はない。

「日本にはない食材もあって、仕事には熱中したな。そんな、サン・フランシスコで約10年……。日本が恋しくなってきた頃、伊勢にあるホテルから、総料理長として……という話がきた」

「で、帰国？」

「ああ……。真弓は14歳になっていた。私は、ホテルの総料理長として仕事に没頭しはじめた。……だが……」

と川島。そこで言葉を呑み込んだ。

川島は、数分、じっと海面の浮子を見つめていた。やがて、ビールをぐいと飲み、大きく息を吐いた。アルミ缶が、午後の陽射しに光った。

「……あれは、いまから約一年前の夏だった」と口を開いた。

「総料理長として仕事をはじめて三年になろうとしていた。その日も、ディナーの準備をしていた私の携帯に警察から連絡が入った。真弓が、救急病院に搬送されたと……」

「救急病院……。交通事故？」と僕。川島は、首を横に振った。

「娘は……真弓は……妊娠していた」


海面では、浮子がゆっくりと揺れている。

「妊娠……」僕はつぶやいた。竿を握る川島の手に、力がこもっている。

「妊娠3カ月だったという……」

「……流産？」

「いや、堕(おろ)そうとして……」

それだけを川島は言った。釣り竿(ざお)を両手で握った。その手が震えている。

「医師免許を取り消された医者が、もぐりでやってる産婦人科だった。真弓は、そこで堕そうとして出血が止まらなくなり……」

そこで、言葉を切った。

「私が救急病院に駆けつけたときは、もう意識がなく、2時間後に息を引き取った……」

うめくように川島が言った。

僕も、海面の浮子をじっと見つめていた。返す言葉を見失っていた。やがて、

「……妊娠させた相手は？」とだけ訊いた。彼は首を横に振った。

「わからない。親の許可とか相手の同意とか同行とか全く必要なく、金さえ払えば堕せる、そんな医者だった……」

と川島。

「その医者に行くまでに、真弓がどれほど悩んだか……。それを思うと……」とつぶやいた。その顔が、苦痛に歪んだように見えた。実際に、心が苦しみで締めつけられているのだろう……。

「それまでに、何かあなたへの相談は？」僕は訊いた。彼は目を閉じ、首を横に振った。

海風が吹き、海面に細かく皺のようなさざ波が立った。

「すべて私のせいだ。仕事に没頭して、真弓と顔を合わせる時間も少なく、あの子の事もあまり知らず……」と川島。自嘲的な表情で、

「妻と、そして娘に、同じ失敗を繰り返したわけだ」と言った。

「……それだけ仕事に熱中してた……」と僕。

「確かに仕事には熱中した。それだけ仕事が好きだったとは言えるかな……。だが、それは半分に過ぎなくて……」

「半分？……残りの半分は？」

「それは、功名心かもしれない。最高の料理人と呼ばれたい……そんな功名心がなかったかと言えば嘘になるだろう。愚かだな……」

川島は、苦い表情……。

「とにかく、そうして仕事に没頭しているうちに、私は、一番大切なものを失ったんだよ……」

そのがっしりとした肩が細かく震えた。

「妊娠してしまった真弓は、心細かったに違いない……。だが、毎日4、5時間の睡眠で働いている私に相談するのをためらった……。あるいは、すでに父としての私に、何も期待しなくなっていたのかもしれない。そして、たった一人で、あの産婦人科に……」

言葉になったのは、そこまでだった。川島の肩が震え続け、頬が濡れはじめた……。

20分後。川島の震えは止まっていた。頬も乾いていた。

「その後、ホテルを辞めたわけか……」と僕。川島が、かすかにうなずいた。

「とても料理人などやっていられる状態じゃなかった。放心してた……。明石の実家に戻り、半年以上ぼんやり海を眺めて過ごしてたよ」

と彼。

「そのうち、明石にも居づらくなって……」

「居づらく？」

「誰が調べたのか、私の娘が子供を堕すための事故で死んだという噂話が、周囲で流れはじめ……私は明石を後にした……」

と彼。それから先は、予想できる。そんな川島が、この葉山に流れ着いた。求人誌を見てたまたま〈潮見亭〉に来たと……。

「……それで、ノブに特別な気遣いを？」僕は訊いた。川島は、2分ほど無言。やがて、

「真弓が死んだとき、17歳と4ヵ月だった……。あの子とほぼ同じ年で、背格好も何となく似てる……」

と言い、微苦笑。

「いまあの子に優しくしたからといって、真弓に対して犯した罪が軽くなるなんて思ってはいない。だが……」

と川島。そこで言葉に詰まった。

思っている事がうまく口に出来ないらしい。あるいは、考えが混乱しているのか……。また、5分ほど無言。やがて、

「誤って落としてしまい割れた卵は、どうやっても、もう元に戻らない。……だが、また再び卵を手にしたとき、それを誤って落とさないようにする事は出来るのではないか……。そんな思いもあって……。下手なたとえだが……」

と言った。料理人らしいたとえだし、確かに上手いとは言えない。が、それ以上の言葉は思いつかないのかもしれない。

僕らは、無言で釣り竿を握っていた。遅い午後の陽射しが、海面に反射している。半透明の小さなクラゲが浮子の近くに漂っていた。

「矢車草を？」

　と雅子。ツクネの串を手にして、訊き返した。夕方の5時半。僕らは、いつもの焼き鳥屋にいた。

「あの子、ノブちゃんとはどうなったの？」まず雅子から聞いてきた。僕は、三戸海岸のホテルで……と、さらりと話した。

「ベッドに矢車草を……」と雅子。「やるわねぇ……」と言った。

「それは、ボン・ジョヴィのおかげでさ」

　と僕。彼女の部屋で聞いたボン・ジョヴィの曲がヒントになったのを話した。

「そうか……。とにかく、役に立って良かった。じゃ、彼女にとっては最高の初体験になったのね」

「……まあ、たぶん……」と僕。照れかくしに生ビールを飲んだ。

「で、その後も、うまくいってるの？」と雅子。僕は、うなずいた。あのホテルでの一夜から、もう2週間。すでに何回かノブと抱き合っている。あの川島の話を聞いているので、避妊には気をつけて……。

「じゃ、夜はよく眠れる？」と雅子。僕は、うなずいた。毎晩、隣りではノブが寝ている……。

「そうか、よかった……」と雅子。レモンサワーに口をつける。しばらく無言……。

やがて、

「私、結婚しようかな……」とつぶやいた。

30

ヒマワリだけが見ていた

「そう……。杉本さんと」と雅子。レモンサワーに口をつけ、またしばらく考えている……。やがて、

「もしかしたら、私、精神科医というこの仕事に向いてないのかもしれないなぁ……」とつぶやいた。いつもの元気は、感じられない。

　あの自殺をはかった会社員は、一命を取り止めたが、まだ入院していると聞いていた。その事が、かなりのダメージを与えたのだろうか……。

「……で、そろそろ結婚？」と僕。あやうく〈すべり止め？〉と言ってしまうところだった。が、いまの雅子には、言ってはいけないジョークに思えた。僕は仕方なく、

「結婚？」

「まあ……それもありなのかな……」とだけ言った。人生の選択は、本人の自由なのだから……。とはいえ、生ビールが少し苦かった。


「定置が破れた？」僕は亮一に訊き返した。

「ああ、真ん中辺で少し破れちまった」亮一が言った。

まだ、うちの船のシャフト修理は終わっていない。シラス漁は出来ない。そこで、いまアオリイカの定置網をかけている。

アオリイカは、値がいい。しかも、夏のいまどき、浅場までやってくるのだ。そこで、港のすぐ外にごく小さな定置網を設置した。それで、アオリは充分に獲れる。そこそこの収入になる。が、その定置網の一部が破れたらしい。

「ノブちゃんに修理を頼めないかな」と亮一。

定置網は、水深8メートルほどのところに設置してある。それを修理するとなると、そこそこ潜る必要がある。亮一も僕も漁師だが、潜るのはあまり得意ではない。

「わかった、ノブに話すよ」

ノブは、すぐ引き受けてくれた。30分後。僕らは、伝馬船を出した。

亮一、僕、ノブの三人で港から出る。１００メートルもいくと定置網だ。そのわきで伝馬を止めた。亮一が、「この下だな」と言った。

ノブが水中マスクと足ヒレをつけた。磯の中を探るわけではないから、彼女は水着姿だった。船べりから海に入る。体を反転させて潜っていった。

30秒ほどで上がってきた。

「破けてるけど、それほどじゃない」と言った。亮一が、用意していた細いロープを出す。「これで、修理できるかな？」

「たぶん、大丈夫」とノブ。そのロープを手に、また潜っていった。その姿を目で追い、

「いい娘だな」と亮一。「おれなんか、派手だけどつまらない女とばかりつきあってきたからなぁ……ちくしょう……」苦笑いしながら、つぶやいた。

定置網の修理は、休憩も入れて3時間ほどで終わった。

「あ、キュウリの取り入れしなくちゃ」とノブが言った。ノブの家に戻ってきたとこ

ろだった。

4時過ぎだが、まだ陽射しは強く、真夏の気温だ。木立ではアブラゼミが鳴いている。ノブは、水着姿のまま、陽射しを浴びてキュウリを収穫しはじめた。

僕は、庭に面した部屋に上がり麦茶を飲んでいた。キュウリを4、5本手にしたノブが部屋に入ってきた。流しにキュウリを置いた。

僕らの目が合った。ごく自然に、体を寄せ合う。そして、長いキス……。この5日ほど、僕らは抱き合っていない……。僕が水着に手をかけても、ノブは嫌がらなかった。自分から、水着を脱ぎはじめた。そうしながら
「シャワー浴びなくちゃ……」と小声で言った。

「いいよ、このままで」と僕。彼女の水着を脱がせ裸にした。

そして、敷いてあるゴザの上に彼女を寝かせた。

いま、庭には背の高いヒマワリが自生している。というより、群生と言える。かなりの本数のヒマワリが咲いている。もし、塀の隙間から覗(のぞ)く人間がいたとしても、群生したヒマワリで、この部屋は見えないだろう。

ノブは、全裸でうつ伏せになっている。僕は、その背中にそっと顔を近づけた。

そのとき、むっとするような熱さと匂いを感じた。

それは、決して嫌な匂いではなく、むしろ心地よいものだった。陽射しを浴びていた若々しい肌の熱さと匂い……そして潮の香りだった。

僕は、その背中に口づけをした。ノブが、体をびくっと震わせた。

僕は、またしょっぱい味と香りを感じていた。

海に潜っていたノブの体。その海水で濡(ぬ)れた全身の肌が、陽射しと体温で乾いたのだ。僕は、彼女のしょっぱい背中に口づけをする……。

ノブは、体を細かく震わせる。

はぁ……と、切なそうな声を出した。いまはもう、自分が感じているのを隠そうとはしなかった。

僕は、彼女のヒップにも口づけをした。逞(たくま)しさを感じさせるヒップの盛り上がりに口づけ……。この1、2年で急に体が発達したせいなのか、そのヒップにはうっすらとした縞(しま)が見えた。彼女は、そんなヒップをもじもじさせる。体を反転し、自分から仰向(あおむ)けになった。

ノブはいま、目を閉じている。

僕は、その大きくはない胸に唇を近づける……。しょっぱい味がする小さな乳首に口づけをした。彼女の体がびくっと震え、はっと息を吐いた。

彼女の灼けた顔が、紅潮し、唇が少し開いている。はぁっと、息を吐き続ける……。そして、ノブのほっそりとしたわき腹に口づけ……。彼女は、もだえるように体をよじった。

やがて、僕の唇は、おへそからその下へ……。柔らかいアンダー・ヘアーに近づく。長めに伸びた産毛という感じの、もやもやとした茂みの奥へ……。ここにキスをするのは初めてだった。

「やだっ」とノブが小さく叫んだ。

「そこ、オシッコ臭いよ……。汚いよ……」

と子供のような口調で言った。潜っている間に海中で用を足したのかもしれない。が、そんな匂いは全くしなかった。

僕は、ノブが口にした言葉をふと思い出していた。

中学一年、慕っていた教師から体を触られた。最初に肩を抱かれたとき、少しどきどきした。そんな自分がすごく汚い女の子に思えて……。

「大丈夫。ノブは、全然汚くないよ」

僕は言った。そして、彼女のそこに唇を近づけた。彼女自身が不潔なのではと思っているそこを浄化するような気持ちで……。

同時に、雅子が言ったあの言葉、〈秘すれば花〉そして、〈秘された花〉を思い出していた。いま僕の前で咲いているのは、まさに彼女の〈秘された花〉だ。

僕は、その可憐な花びらに口づけをした。ノブが、あぁ……と切なそうに息を吐いた。やがて僕は、その花びらの奥にそっとひそむメシベに口づけをした。

「はっ……」という声が聞こえたけれど、僕はメシベに口づけを続けた。

そこは、ひたすら潮の香りであふれていた。

さらに口づけを続ける……。ノブの呼吸が荒くなっていく……。両脚を自分から少し拡げた。

その全身が、小刻みに震えはじめた。やがて……。

ノブは、喉の奥から、くっという声を絞り出した。上半身がのけぞり、開いた太ももが突っ張ってがくがくと震え続けた。

セミの声が、シャワーのように降り注いでいる。僕らの姿を、庭のヒマワリだけが見ていた。

やがて、波が去り、うっすらと開いたノブの目が涙で濡れていた。顔は紅潮し、まだ呼吸が荒い……。僕らは、どちらからともなく、そっとキスをした。

「どうしよう、こんなに……」ノブが無邪気につぶやいた。

夏が、過ぎていく……。


「でかいな……」

僕は、テレビの画面を見てつぶやいた。

8月中旬の金曜。台風が本州をめがけて北上していた。その気圧は、いま952ヘクトパスカル。最大級の勢力と言える。僕とノブは、冷やし中華を食べながら、その気象情報を見ていた。

「明日(あした)の朝から船を上げなきゃな」僕は言った。すでに、気圧が下がってくる気配を感じていた。


翌日の午前中。まず、ノブの伝馬船を陸のスロープに上げ、8本のロープでがっちりと固定した。すでに風は強まり、グレーの雲が速く動いている。

僕と亮一は、うちの伝馬船も上げロープで固定した。そして、港にあるほかの船を上げるのも手伝う……。

そうしているうちにも、風は強まってくる。台風が関東に最接近するのは夜中過ぎと言われていた。が、接近するスピードが上がったのかもしれない。

港の船を全部上げた頃には、あたりが暗くなっていた。

風は強まり、横殴りの小雨が顔を叩く。岸壁にあった小さなポリバケツが、風に飛ばされていった。

「車の移動だな」と亮一が言った。うちの駐車スペースは、港に面している。台風接近のときには、車が波をかぶってしまうのだ。

亮一は、スカGに乗り込む。近くにある安全なコインパーキングへ駐めにいった。

僕は軽トラに乗る。いま住んでいる家まで運転した。

家のわきに、軽トラを駐める。家に入った。が、とっくに帰っているはずのノブの姿がない。台所に走り書きのメモがあった。

〈トマトの支柱を補強しに行ってます〉と書いてあった。

ノブの家の庭では、トマトが実をつけている。その支柱を補強するために……。しかし、もう外は真っ暗だ。

僕は、懐中電灯を手に家を出た。強風に、体が揺れる。前のめりになって、ノブの家の庭に入っていく……。

トマトやキュウリを作っている方に歩く。暗いので、懐中電灯を下に向けて一歩ずつ歩く。

庭の南側、トマトの支柱が立っているあたりまできて、僕の足は思わず止まった。

ノブが仰向けに倒れていた！　そばに、一枚の青い屋根瓦（やねがわら）が落ちている。

ノブは目を閉じ、その額からは血が流れていた。

31　ブリキの金庫

「ノブ！」

叫ぶと同時に、そばにしゃがみ込んだ。冷静になれ、と自分にいい聞かせる。船員学校で教わった人命救助のやり方を思い出す。

まず、ノブの頸動脈(けいどうみゃく)に指で触れた。……脈を感じる。脈は規則的なようだ。生きている。風で屋根瓦が飛び、それがノブの頭を直撃したんだろう。

僕は、パーカーのポケットからスマートフォンをつかみ出す。１１９番にかけた。

2回のコールで、「消防です」と女性の声。

「怪我人が！」とだけ僕は言った。

「いま、出動要請が相次いでいて、少し時間がかかります」

「どのぐらい！」

「30分から40分……」

僕はためらわず通話を切った。3秒考え、雅子にかけた。彼女はすぐに出た。簡単に話す。飛んできた屋根瓦がノブの頭を直撃したと……。

「救急病院知らないか！」

「……葉山ハート・センターならこの時間でも対応してくれると思う」と彼女。その場所は僕も知っている。近代的な総合病院だ。

「田中院長はよく知ってるから、私から連絡しておくわ」

「頼む」

通話を切ると、僕はそっとノブを抱き上げた。全身びしょ濡れだが、体温はある。3分ほどかけて、軽トラの助手席に乗せる。エンジンをかけた。彼女の額から流れている血が、Tシャツを濡らしている。フロントガラスに雨が激しく叩きつけている。僕は必死に目をこらして、ステアリングを握っていた。

田中院長は女性だった。彼女がてきぱきと指示し、ノブは治療室に運び込まれた。

1時間後。対処してくれている広瀬医師が、治療室から出てきた。待っていた僕に、
「脳震盪（のうしんとう）を起こして気を失っていたようだ。もう、意識は戻ったよ。額に裂傷がある
ので、3針ほど縫った」と言った。そして、
「念のために、これからCTもとるよ」

ノブが治療室から出てきたのは、もう10時過ぎ。僕が雅子に報告と感謝の電話をか
け終わったところだった。
ノブは、頭に包帯を巻いている。まだ少しふらつくようだ。僕が、その体をささえ
る。
「脳波にも異常はなかった。CT検査でも異変は見つからなかった。が、何か急変す
るような事があったらすぐ連絡を」と広瀬医師が言ってくれた。僕は礼を言い支払い
をすませた。車に乗り込むと、ノブが小さな声で、
「心配かけてごめんなさい……」と言った。僕は首を横に振る。
「たいした事なくてよかった」と言い、彼女の肩を抱いた。

「だいぶ元気になったみたいね」

と雅子が言った。

翌日。土曜の午後だった。台風が過ぎ去って空は青い。ノブの家に雅子が様子を見に来てくれた。ノブは、

「昨日はありがとうございました」と雅子に頭を下げる。その頭には白い包帯……。

「大事にならなくてよかったわ」と雅子は微笑した。

僕と雅子は、縁側に腰かけ、麦茶を飲みはじめた。ノブは、トマトやキュウリの支柱を直しはじめた。昨夜は、それをやりはじめたとたん、屋根瓦の直撃をうけたという。

支柱は、半分以上が倒れていた。ノブは、それを立て直す。トマトとキュウリの蔓（つる）を細いヒモで支柱に結びつける。

節間（ふしま）のつまった丈夫そうな蔓なので、なんとかなりそうだった。

ただし、熟しているトマトは、かなり地面に落ちていた。ノブはそのトマトを拾いはじめた。彼女は、しゃがみ込んで、落ちているトマトを拾い、ポリバケツに入れている。しょんぼりとした横顔……。

やがて、ノブはトマトの入ったポリバケツを持って縁側の近くに来た。そこには、

水道の蛇口がある。彼女は、しゃがみ込む。落ちて泥がついたトマトを一個一個洗いはじめた。

かなり落ち込んだ表情……。ていねいに育てたトマトだから、よほど悲しいのだろう。その頰には泥が少しついている。

トマトを洗っているノブの姿を、雅子が眺めている……。

ノブは、洗い終わったトマトをじっと見る。赤く熟したトマトは、小型のポリバケツ一杯になっている。20個以上ありそうだ。ノブは、思いつめたような表情でそれを見て、

「どうしよう……」とつぶやいた。

そのとき、僕は思い出した。あの川島が、ブイヤベースを作ると言っていたような……。

僕はすぐ川島に電話をかけた。事情を説明した。

「いいね。しかも、無農薬のトマトだろう？　買うから、すぐ持ってきてくれ。これからブイヤベースの仕込みをはじめるところだ」と川島が言った。

僕は電話を切ると、ノブにそれを伝えた。彼女の表情が、ぱっと明るくなった。

「すぐ欲しいってさ」と僕。ノブはうなずく。トマトが一杯に入ったかなり重いポリバケツを両手で持つ。

「じゃ、行ってくる」と言って庭から出ていった。僕と雅子は、その姿を見送った。


ノブは15分ほどで戻ってきた。

「3600円で買ってくれた」と言った。無邪気な笑顔でビニール袋を僕らに見せた。ノブは財布を持っていない。そのかわりが小さめのビニール袋。その中に千円札と硬貨が入っていた。

「金庫に入れてくるね」とノブ。僕の家の方に歩いていった。

「金庫？」と雅子は少し驚いた顔。僕はちょっと苦笑し、

「ブリキの空き缶」と言った。どこからか見つけてきた焼き海苔の入っていた古いブリキ缶が、ノブの金庫だ。そこに2、3万円貯まると郵便貯金に入れている。それを雅子に話した。

話している僕らの前を、赤トンボがよぎっていく。夏は、そろそろラストスパートに入っていた。

「軽トラを？」僕はノブに訊き返した。

台風が過ぎた2日後だった。軽トラで、ちょっと行きたい所があるという。僕はうなずく。軽トラにノブを乗せてギアを入れた。車を出す。

葉山から国道134号を南に走って7、8分。着いたのは秋谷の海岸だった。

秋谷の砂浜は、外海に開き、長く続いている。そこには、いろいろな物が打上げられていた。特にいまは台風のあとなので、漂着物が多い。そんな砂浜で、ノブは木片を拾いはじめた。いわば流木だ。その小さめの木片をゆっくりと拾い集める。そして、軽トラの荷台に載せていく……。


そうだったのか……。僕は、胸の中でつぶやいていた。

軽トラで、ノブの家に戻った。彼女は、軽トラからおろした流木を庭に運ぶ。薫製を作るドラム缶の近くに積み上げはじめた。僕もそれを手伝いながら、

「もしかして……これを燃やして薫製を作ってたのか？」と訊いた。ノブが、うなずいた。

「かなり乾いたら使うの」と言った。

僕の中で、謎が一つ解けた。彼女が、アワビを薫製にするためにドラム缶の中で燃やしていたのは流木だったのだ。

「……でも、なんで流木を？」と僕。

「2年ぐらい前かなぁ……。夜の砂浜で焚き火してたんだ……」

「西伊豆で？」

「そう。うちのそばの砂浜で焚き火をしてた……」

「誰かと？」

「一人で……」とノブ。「その日はクリスマス・イヴだったんだけど……」とつぶやいてた。

「クリスマスに一人で……」と僕。ノブは、うなずく。

「おじさん、おばさんとその子供たちは、テレビを観たりケーキを食べたりしてたんだけど、わたしはなんか……」

「なんか？」

「……わたしは、やっぱり、引き取られてきた親戚の子だから、なんとなく居場所がない感じで、家を出て砂浜に行ったの」とノブ。「でも、寒い夜だったんで、仕方なく近くに落ちてる木を少し集めて焚き火をしたわ」と言った。

クリスマスの夜に、一人、寒い砂浜にしゃがんで焚き火をしている少女の姿を、僕は思い描いた。胸の奥に鋭い痛みを感じた……。

「でも、そのとき、焚き火から、不思議な匂いを感じたんだ……」

「不思議な匂い？」

「なんか、海に潜ってるときに感じるような匂い……流木を燃やしてるからみたいで……」とノブ。

「それで、流木でアワビの薫製を作ろうと？」訊くとノブはうなずいた。

それまでも、アワビの薫製は作っていたという。かなり離れた下田のホテルなどに買ってもらうために、日持ちのいい薫製にしていたという。

「で……流木を使って薫製を作った？」

ノブは、うなずいた。その薫製は、旅館やホテルでとりわけ評判が良かったという。

「でも、そのうちにわたしが葉山に来ちゃって……」とノブが言った。

薫製のために使っている木が何か、川島から訊かれたとき、ノブは〈近くで拾ってきたもの〉と答えた。それは嘘ではなかった。近くの真名瀬海岸や一色海岸で拾ってきた流木の木片を使っていたらしい。

「別に、隠してた訳じゃなくて……」とノブがつぶやいた。


「流木……」とつぶやき、川島は絶句した。

午後2時過ぎ。僕と川島は岸壁にいた。川島がうちの定置網にかかったアオリイカを仕入れに来たのだ。

ノブは、葉山ハート・センターに行っている。額を縫った所は、もう抜糸がすんでいた。いまその傷口の消毒に行っている。

僕は、伝馬船(てんません)の生簀(いけす)からアオリイカをすくい、発泡スチロールのいわゆるトロ箱に入れる。そうしながら、川島に話した。ノブが、流木を燃やしてアワビの薫製を作っていると……。それを聞いた川島は、2、3分絶句したままだ。やがて、

「海でとれたアワビを、海からきた流木で薫製にしてたのか……」

と腕組み。

「言われてみれば、うなずける。海水には、塩分だけじゃなく、ミネラル、カリウム、それにイオンなどが含まれてる。だから、海水から作った天然塩が美味(うま)いわけだが、

その海水を含んだ流木を燃やして薫製を作るとは……。あの子は一種の天才なのかな……」とつぶやいた。

「天才かどうかはとにかく、よく見てたら、かなり注意深く燃やす木を選んでる」僕は言った。

庭に積んだ木片から、ノブは慎重に選んでドラム缶に入れて燃やしていた。

たとえば、二本の木片を手にしても、しばらく見ていてその一本だけをドラム缶に入れる……。僕には、その二本がほとんど同じに見えるのだが……。

川島が、ゆっくりとうなずいた。

「その選び方には、あの子にしかわからない経験則があるんだろうな……。流木で薫製を作りはじめてからの2年間で身についた何かが……」

と言った。そして、

「いずれにしても、あの薫製が持つ究極的な風味には変わりがないな……。この広い世界でも、ノブ君以外誰も作れないものだ……。アワビも流木も、海からのプレゼントというわけか……」

「それにしても、あの子はなぜ西伊豆の家を出たのかな……」

と川島がつぶやいた。ノブの生い立ちは、簡単に川島に話してある。

いくら実の娘として扱われなかったとしても、突然その家を出て葉山に来た、そこには何か理由があるはずだ。それは僕にも謎なのだが……。

「……無理に訊くわけにもいかないし……」と僕はつぶやいた。

その理由がわかったのは、3日後だった。

32　彼女はいま、ひとつの河を渡って……

「ちくしょう……」僕は、つぶやいた。

夕方の5時。ノブとアワビ獲(と)りを終えた僕は、シャワーを浴びようとして、風呂場(ふろば)に……。換気扇のスイッチを入れた。けれど、換気扇は回らない。

あの台風のとき以来、調子が悪かった。それが、いよいよ故障したらしい。

この風呂場は古いので、浴室の中にガス湯沸かし器がある。そのまま温水シャワーを浴びていると、酸欠になるので、上の方に換気扇がついているのだが……。

仕方ない。僕は、換気のために曇りガラスの窓を少し開け、シャワーを浴びはじめた。

20分後。僕が風呂上がりのビールを飲んでいると、ノブが家に入ってきた。獲ったアワビをドラム缶に入れ、流木に火をつけてきたらしい。

「シャワー浴びるね」と言い、着替えを持って風呂場の方へ……。

遅いな……。僕はつぶやいた。ノブがまだ風呂場から出てこない。シャワーを浴びるのは早い子なのに。

僕は、ビールのグラスを置き、立ち上がった。そのとき、風呂場のドアが勢いよく開く音。人が倒れたような音。

僕は、風呂場へ！　風呂場の前の脱衣所。ノブがうつ伏せに倒れていた。何も身につけていない。その体も髪も濡れている。肩で大きく息をしている。

「どうした！」

「い、息が苦しくなって……」とノブ。

僕は風呂場を覗いた。僕が20センチほど開けた窓が、閉じられている。それで酸欠に……。

僕は、窓を再び開け、シャワーを止めた。うつ伏せのノブの体に、バスタオルをかけてやった。

「また、心配かけて、ごめんね……」とノブ。

彼女はいま、台所で仰向けに寝ていた。体には、バスタオルだけかけている。その呼吸は、まだ少し荒い。顔も紅潮している。酸欠と同時に、のぼせたようだ。

「……真っ裸でぶっ倒れて、わたし、みっともない……」荒い呼吸をしながらノブが言った。その目尻に涙があふれてきた……。

その20分後。ノブの呼吸はほぼ正常に戻った。涙を拭き、だぶっとしたTシャツを着て、冷たい麦茶を飲みはじめた。

「なんで、窓閉めたんだ」と僕。

「だって……覗かれたら嫌だから……」

「そんな心配ないのに」僕は言った。あの窓の外は、太い孟宗竹が密生している。人が入れるような場所ではない。それを説明しても、

「でも……」とノブ。何か事情があるようだ。

「以前、風呂場を覗かれた事があるとか？」

僕は、二缶目のビールに口をつけて言った。軽い気持ちで言ったつもりだった。が、ノブは無言。麦茶のコップを両手で持って、じっとそれを見つめている……。

15分ほどして、ノブは、ぽつりと口を開いた。

「……お風呂に入ってる所を、覗かれた事がある……」と、聞き取れないような小声で言った。

「……いつ……」

「……今年の3月……」という事は、葉山に来るすぐ前……。

「覗いた相手は分かってるのか？」訊くと、かすかにうなずいた。

「……それって？」と僕。ノブは、さらに1分ほど黙っていた。そして、

「……おじさん……」と言った。

あたりが真空になったような一瞬……。おじさん……。おばさんの夫で、無口で頑固な漁師……。

驚くと同時に、〈そうだったか……〉という思いが胸をよぎった。

最近のテレビ・ニュース。実の娘に性的暴行を加えた父親の事件が報道されていた。そんな時代なのかもしれないと言ってしまうのは簡単だ。が、子供たちの虐待死も含

めて、何か荒涼とした風が吹いているのを僕は否応なしに感じていた。

いつか雅子が言った〈いまの世の中は、見えない弾丸が飛び交っている戦場〉という言葉を思い出していた。

僕は心を落ち着けるために、ビールをひと口。

「……この一年ぐらいで、わたしの体が発達して……」とノブ。「水着でいるときとか、おじさんが体を何気なく見てるのに気づいて……ちょっと嫌だったんだけど……」

「……で、風呂場を覗かれた？」と僕。ノブはうなずいた。3月の末、ノブが風呂に入っていると、窓が外から少し開いたという。

「それが、おじさんだった？」訊くと、うなずいた。

「間違いない……」と言い、ノブは唇を嚙んだ。「窓から覗いてたあの視線を思い出すと、いまでもぞっとする……。でも、おばさんには絶対に言えないし……」

「で、家を出た……」

僕が訊くと、またうなずいた。その夜のうちに、身の回りの物だけボストンバッグにつめた。明け方の4時頃に家を出たという。始発のバスで駅に向かい……。そう話しているノブの表情が歪んだ。

やがて、肩を震わせてまた泣きはじめた。両手で顔をおおって泣きはじめた……。

小さな漁村。3月。まだひんやりと薄暗い夜明けのバス停。粗末なボストンバッグだけを持ち、始発のバスを待っている少女の姿を、僕は思い浮かべていた。心の中は孤独と不安で一杯だったろう……。

「わたしだけが乗ってる始発バスの中で、涙が止まらなかった……」

顔をおおってノブは言った。

中学一年で、慕っていた教師からセクシャル・ハラスメントをうけ、自分が女の子である事を封印して辛い思春期を送った。

さらに、育ての親ともいえる人から入浴中に覗かれて……。

「恥ずかしいというより悲しかった。自分が女の子である事が……」とノブ。

結局、長年暮らした家から逃げるように出ていく夜明け。

誰ひとり頼れる人もなく、明日も見えず……。ただ一人、始発のバスで育った町を後にする……。

そのとき、胸にあふれた悲しみと絶望感がどれほど深いものだったか、僕には想像する事さえ難しかった。

僕はそっと、震えている彼女の肩を抱いた。西風が吹いてきたらしく、かすかな波音が聞こえていた。

8月末の金曜日。正午過ぎ。

一人の男がやってきた。

僕らは、午前中に薫製にしたアワビを〈潮見亭〉に届けた。その後、また海に出ようとしていた。いまは、一年中で最も水温が高いので、ノブはウエットスーツではなく、サーファー用のラッシュガードを身につけていた。

彼女の伝馬船は、岸壁に舫ってある。僕らは岸壁で海に出る準備をしていた。

そのとき、一台の車が岸壁の近くに停まった。グレーの4ドア・セダン。漁港ではあまり見ないタイプの車だ。

車の後部ドアが開き、初老の男が降りてきた。六十代だろうか。夏物のスーツを着ている。地味なネクタイを締めている。痩せて、背がやや高い。横分けにした髪は、ほとんど白い。メタルフレームの眼鏡をかけている。

男は、近くにいた亮一に声をかける。何か訊いている。やがて、亮一が僕とノブの方を指した。男はうなずく。こっちに歩いてくる……。やがて、ノブと向かい合った。

「石渡ノブ君だね？」と言った。ノブが、小さくうなずいた。

「突然で申し訳ないが、私は城之内誠。西伊豆町の町会議員といえばわかるかな」と言った。

ノブの表情が、ふと硬くなった。

「私の長男の、城之内一郎は、君が中学生だったときに国語を教えていたよね」

彼は、言った。僕は息を呑んだ。という事は、その城之内一郎は、ノブの体を触るというセクシャル・ハラスメントをした教師……。

海風が、南から西寄りに変わった。カモメが3、4羽、そんな風をうけて漂っている。ノブは、城之内のネクタイのあたりに視線を向けていた。

痩せて白髪の城之内の姿は、僕には少し意外だった。地方の町会議員というより、たとえば何かの学者のような雰囲気だった……。

やがて、しばらく無言でいた城之内が口を開いた。

「実は、息子の一郎は、癌を発症して……」

城之内が言った。僕も彼の顔を見た。

「癌……」とノブがつぶやいた。城之内は、うなずく。

「すでにステージ4から5、つまりほぼ末期の肝臓癌で……もってもあと3、4カ月だという」静かな声で言った。

城之内は、ポケットに手を入れた。セブンスターを取り出した。一本、くわえる。が、しばらくためらう……。やがて、火はつけず、煙草はポケットにしまった。

「1週間ほど前の事だ……。病院に見舞った私に、一郎がふと話しはじめたんだ。……君が中学生だったときの出来事を」

ノブは、相変わらず彼のネクタイのあたりを見つめている。

「その話を聞いて、私も驚いた……。あいつが、そんな事をしたとは……。一人の生徒の人生を変えてしまうような事を……」

と城之内。その白髪が少し風に揺れた。

「私が君に会いに行くと言うと、一郎はこう言った。あのときの事を君に謝罪したい……。そして、自分を許してくれないかと……」

頭上では、カモメのチイチイという鳴き声がしていた。城之内は、じっとノブを見つめている。やがて、

「……話したように、一郎はもう長くない。そんなあいつの事を許すと言ってくれないだろうか……」

僕は彼を見た。〈おっさん、それは都合よすぎないか?〉と言いかけた。が、とりあえず、言葉を呑み込む。

どのぐらいの時間がたっただろう……。漁船の〈庄三郎丸(しょうざぶろうまる)〉が、港に戻ってきた。その曳(ひ)き波で、舫ってある伝馬船がゆっくりと揺れた。

ノブは、無言のまま……。やがて、城之内が口を開いた。

「……やはり、無理なのかな……」とつぶやいた。

そのとき、ノブがゆっくりと視線を上げた。城之内の顔を、まっすぐに見た。そして言った。

「先生に伝えてください。……やはり許す事は出来ないと……」城之内はノブを見る。

「……そうか、許す事は出来ないか……。そうだろうな……」

と言い、うなずいた。その30秒後、またノブが口を開いた。

「……許す事は出来ないけど……忘れる事にします」と静かな声で言った。

「忘れる事にする……」と城之内。ノブは、彼を見たままうなずいた。

城之内は、かなり長い間、ノブを見つめていた。やがて、

「……わかった……。その言葉を、一郎に伝えるよ。あいつも、少しは楽になるかも

しれない……。本当にありがとう……」

と言った。ノブにそっと白髪頭を下げる。そして、停めてある車の方にゆっくりと歩きはじめた。


「……忘れる事が出来るのか？」と僕。

「たぶん……」とノブ。小さくうなずいた。そして、淡く微笑し、

「忘却のマントがあるから……」と、つぶやくように言った。

〈忘却のマント……〉僕は、その不思議な言葉を胸の中でリピートした。どこかで聞いた覚えがある……。

しばらくして思い出した。小説『赤毛のアン』の中だった。

アンが、親友のお母さんに誤解をうけ、親友との付き合いを禁止されてしまう。が、ある出来事によって、誤解は解ける。アンに謝るそのお母さんに、確か〈過去は、忘却のマントに覆うことにします〉と言うのだった。

〈それは、イギリス人の詩人が書いた言葉を引用したものらしいわ〉とノブが言ったのも思い出した。

僕はうなずきながら、城之内の乗った車が動き出すのを見送っていた。後部座席の

窓ごし。振り返った城之内がまた白髪頭を下げたのがちらりと見えた。

「でも……」ふとノブが口を開いた。「あんな嫌な事があったから、こうやって出会えた……」とつぶやき、僕の腕にそっと自分の腕を回した。

その5分後。僕らは、伝馬船で沖を目指していた。

ノブは、じっと行く手の水平線を見つめていた。少し伸びてきた髪を、8ノットの風が揺らす。その横顔は17歳の少女のものだが、初めて出会ったときより、少しだけ大人っぽくなったように見えた。

彼女はいま、ひとつの河を渡ったのだろうか……。

33　7月7日に奇跡は起きた

それから、約9カ月が過ぎた。

5月24日。

葉山で、一軒のレストランが開店しようとしていた。


その話が持ち上がったのは、前年の秋だった。

ノブが作るアワビの薫製は、秋になってさらに評判を高めていた。レストラン・ガイドや、インターネットのグルメサイトで相次いで紹介されていた。

当然、〈潮見亭〉には予約の電話が次々とかかってきていた。が、店のテーブル席は3つだけ。予約を断る場合も多くなってきたようだ。

そんなある日、川島と敏夫から話が持ちかけられた。新しいレストランを立ち上げないかという提案だった。

10月後半のある夜。川島たちと僕らは、新しいレストランについての話をはじめていた。

「新しいレストランといっても、どこに?」僕は訊いた。すると川島が、

「いま、ノブ君が住んでるあの家と土地はどうだろう」と言った。

正確に言うと、ノブはいま、ほとんど僕の家で過ごしているのだが、

「あの家……」とノブがつぶやいた。敏夫がうなずく。そして話しはじめた。

いまの古い家を建て替え、一階はレストランに、二階をノブの部屋にする、そんな話だった。

確かにあの家は古ぼけているが、庭を含めた全体の敷地はかなり広い。

川島と敏夫の間では、すでに、綿密な計画が立てられているようだった。

「建て替えるといっても、その費用は?」と僕。また川島が説明する。

「建て替える費用は、おれと敏夫君が出すんだ」と言った。その場合、敏夫はいまの

〈潮見亭〉を貸し店舗にするという。

「つまり、ノブ君にはアワビの薫製と、あの土地を提供して欲しいんだ」と川島が言った。ノブが土地を提供し、川島と敏夫が建物を、という事らしい。

不動産の常識で言えば、建物より土地の方が圧倒的に高価だ。

それもあり、店のオーナーはノブ。川島が料理長。敏夫が支配人をつとめる。そんな計画だという。


「どうしたらいい？……」とノブ。家に帰ったところで僕に訊いた。

「悪い話じゃないいな」僕は言った。

ノブは相変わらず、庭に置いたドラム缶でアワビの薫製を作っている。が、それ以外はほとんど僕の家で暮らしているのだから、あの古い家をレストランにという計画は悪くないと思えた。いまの〈潮見亭〉では客の人数にまったく対応できていないわけだし……。


翌週、ノブはその計画を受け入れた。川島と敏夫に、

「よろしくお願いします」と頭を下げた。そして、具体的な打ち合わせに入った。

「建物は、こんな感じがいいと思うんだが……」と川島。一枚の写真をテーブルに置いた。洋風の二階家の写真だった。それは、アメリカ北東部、ケイプ・コッドの海辺にある家だと、アメリカに詳しい川島が説明した。

「あ……」とノブ。小さく声を出した。その写真に顔を近づける。真剣にじっと見ている。その理由に、僕は気づいた。

その家は、あの『赤毛のアン』のアニメに出てくる家によく似ていたからだ。

三角の屋根。壁は板ばり。そして、二階の部屋には小さな出窓があり、そこにも三角の屋根がついていた。〈切妻屋根(ゲイブルズ)〉だ……。

考えてみれば、それは意外ではない。川島が見せた写真は、アメリカの北東部でカナダとの国境にも近いケイプ・コッドにある家……。

そして、『赤毛のアン』の舞台は、カナダ東部のプリンス・エドワード島。同じような様式の家だとしても、何の不思議もない。

海辺の町である葉山にも、最近こういうスタイルの家が増えている。

「あのときのノブ君だけど……」と川島がつぶやいた。

打ち合わせから3日たった午後だった。僕と川島は、港にいた。うちの船で獲ったカサゴを川島に渡しているところだった。

新しいレストランの主役は、もちろんアワビの薫製だ。が、それ以外にも何品かは用意する必要がある。川島は、そのメニュー作りをしているという。そのために、白身魚のカサゴを20匹ほど僕が獲ってきたのだ。

「あの家の写真を見せたときのノブ君だけど……」

ふと川島が言った。彼が出した家の写真を、真剣な表情でじっと見ていたノブの事を言ったらしい。

僕は、ゆっくりと説明しはじめた。ノブと『赤毛のアン』について……。話していると、川島の表情が変わった。やけに複雑な表情をしている。僕が話し終わると、彼がつぶやいた。

「実は……娘の真弓も、アンの物語が好きだった……。サン・フランシスコで暮らしていた少女の頃、よく読んでいたようだ……」

川島は言い、水平線を見つめ、ほろ苦く微笑した。何か言おうとしたが、それ以外の言葉は呑み込んだようだ。その静かな横顔に、遅い秋の陽が差している……。風が涼しくなってきていた。

12月に入ると、本格的にレストランの建築準備がはじまり忙しくなった。

「久しぶり」と雅子から電話がきたのは、正月明けの土曜日だった。「正月休みにハワイに行ってたの。お土産があるわ」と雅子。

翌日、僕らは逗子海岸のカフェで会った。雅子は、僕とノブに〈reyn spooner(レイン・スプーナー)〉のシャツを買ってきてくれた。

「ハワイは、結婚式とか？」僕が訊くと、彼女は首を横に振った。微笑しながら、

「……結婚は、やめにしたの」

「やめ？」

「そう。相手の杉本さんとは、とっくに話し合いをすませたわ」

「へえ……」僕はつぶやいた。かなり驚いていた。

「ほら、夏のあのとき覚えてる？」と雅子。モヒートのグラスを手にして、「台風がきた日、飛んできた屋根瓦でノブちゃんが怪我をして、ハート・センターに運び込んで……」と言った。

「ああ……」

「あの翌日、頭に包帯を巻いた彼女が、台風で落ちちゃったトマトを拾い集めて……一個一個ていねいに洗ってた、頬に泥をつけて……」

僕は、うなずいた。

「あの姿を見てて、私、涙がにじみそうになった……。ああ、この子はこんなに懸命に生きてるんだって……」雅子は、言った。あのとき、彼女はノブの姿をじっと見ていた。その光景を僕は思い出していた。

「それに比べて、私は、仕事で少し辛い出来事があったからと言って、結婚っていう安全地帯に逃げ込もうとしている……。なんか、情けないなあって痛感したわ……」

と彼女。モヒートに口をつけた。

「で、結婚はやめた？」訊くと、うなずいた。

「あの台風の日から2カ月ぐらいとことん考えて、……ひと晩泣いて、そして決めたの……。もう少し、自分なりにやってみようと……。多少かっこつけて言わせてもらえば、戦場のようないまの世の中での野戦病院を……」

そうきっぱりと言った。寒い日で、窓の外では小雪がちらつきはじめていた。店のオーディオからは、ビートルズが低いボリュームで流れていた。


「ほんとに、これでいいのかなぁ……」とノブがつぶやいた。

3月初旬の夜。僕の家で、釣ってきたカワハギの鍋(なべ)を食べているときだった。

すでに古い家は壊された。新しい建物、その裏に薫製を作るためのスモーク・ハウスなどの建築が進んでいた。

開店するレストランの店名は、〈NOBU'S GARDEN(ノブズ・ガーデン)〉、つまり〈ノブの庭〉だ。

アワビの薫製が作られた庭をそのまま、店名にしてある。

当然、ノブは照れた。〈そんな……〉とつぶやいた。が、結局、川島と敏夫に押し切られたのだ。

そして、支配人の敏夫が店の経営状態をシミュレーションしたプリントアウト用紙が来ていた。

それによると、土地を借りるとかのいわゆるテナント料は発生しないので、店の収支にはかなり余裕がある。

店の売り上げから諸経費を差し引いた純利益の40%がオーナーのノブに……。料理長の川島と、支配人の敏夫が、それぞれ30%ずつ……。

「わたしがこんなにもらうって……」ノブが、おろおろとした口調で言った。

夕食を終えた僕は、敏夫に電話してみた。これでいいのかと……。

「いいのさ、それで。おれと川島さんが、よく話し合って決めたんだ」と敏夫。珍しく真面目な口調で、

「考えてもみろ。あの子がいなかったら、何も起きなかったんだ……。何ひとつ起きなかった……。おれは、苦手な食堂を嫌々やってただろう。川島さんにしても、もし彼女のあの薫製に出会わなかったら、またどこかの小さな店にひっそりと移って雇われコックを一生やってたかもしれない。すべてが、ノブちゃんからはじまった……。少なくとも、川島さんとおれの人生は、彼女のおかげで変わったんだ」

と話しはじめた。

「こんな事を言うのが、おれの柄じゃないのは分かってるが、こいつは一つの奇跡と

しか思えない……。17年前の7月7日、彼女が生まれたときからはじまった奇跡だよ」

と敏夫。その口調は、だらだらと〈潮見亭〉をやっていた一年前に比べて、何か力強さのようなものを感じさせた。

僕は、〈7月7日に起きた奇跡……〉と胸の中でつぶやいていた。

やがて電話を切った僕は、窓を開け深呼吸をした。

電話の内容を知らないノブは、いま台所の流しで食器を洗っている。窓から入る風の中、近づいてくる春の香りがしていた。

34　泣いてもいいよと、海が言った

そして、5月23日、土曜日。

翌日からの開店を前にして、店ではオープニング・パーティーを開く準備が進んでいた。

夕方の4時半。敏夫は、3人いる接客スタッフたちにてきぱきと指示を出しながら、予約電話を受けていた。やがて受話器を置き、

「えらい事になってる」と僕に言った。

「パブリシティが効き過ぎたのか、2カ月先まで予約が一杯だよ。まだ開店もしてないのに……」と苦笑いした。店の宣伝(パブリシティ)は、敏夫がやった。主にインターネットを使い……。敏夫が考えたパブリシティの目玉は二つ。

〈伝説の料理人、川島明が復活〉

〈店のオーナーは17歳の美少女〉

その二つだが、両方ともさまざまな方面から注目を浴びたようだ。

もちろん、去年の夏以来の評判が、最大の追い風になっているらしいが……。客からの予約電話は鳴り続け、雑誌やFM局からの取材申し込みは20件以上きているという。

「ひどく忙しい夏になるな……」敏夫がまたつぶやいた。

やつは、支配人らしくオフホワイトのジャケットを着込んで洒落たタイをしめている。襟がのびて汚れたTシャツを着ていた〈潮見亭〉の頃とはえらい違いだ。それを眺めて、

「馬子にも衣裳か……」と僕はつぶやいた。

「相変わらず口の悪いやつだ」と敏夫。笑いながら、僕の腹にパンチを入れる仕草……。

「やあ、一年ぶり……」とガイドブック編集長の田所。受付の手伝いをしている僕に微笑した。店内をゆっくりと見回し、

「大盛況だな……。しかも、同業の編集者ばかりか……」と言った。さらに、

「川島さん、また料理の世界に戻ってきたわけだ……」と感慨深げにつぶやいた。接客スタッフからシャンパングラスを受けとり、川島の方に視線を送った。

田所に同行してきた若いカメラマンが、さっそく川島の方に向かう。

店の真ん中で、料理長スタイルの川島が招待客たちに囲まれている。その隣りには、ノブがいる。

ノブは、このオープニング・パーティーに出るのを〈恥ずかしいから勘弁して……〉と言った。そこを、周囲が説得したのだ。そんなノブを見て、

「彼女、もしかしてショートカットだったあの子？」と田所。ひどく驚いた顔で訊いた。僕はうなずいてみせた。

もう、ノブの髪はショートカットではない。去年の秋から伸ばしはじめた髪が、いまはポニー・テール。前髪は、眉のところで切り揃えている。

僕と一緒に横浜まで行って選んだワンピースを着ている。

黄色い花柄で、若々しいミニスカートのワンピースは、陽灼けした彼女によく似合っていた。この服を買う事にしたとき、

「その金は、店の経費として出すよ」と敏夫が言ったが、

「そこまでしてもらうのは……」

とノブ。彼女の〈金庫〉である海苔のブリキ缶から現金を取り出し、僕と横浜に向かったのだった。

かなり迷った末、彼女が選んだのは、ヒマワリ柄のワンピースだった。それに決めたとき、

「ヒマワリ……」とノブは小声でつぶやき、頰を紅く染めた。

あの夏の日、庭でヒマワリが咲き誇っている午後に、二人で過ごした火傷をするような熱い時間をふと思い出したのだろうか……。

いま、店のテーブルには、試食できるように、ノブが作ったアワビの薫製と、冷製パスタが用意されていた。

パスタは、うちの船で獲ったシラスとタラの芽を使い川島が創作したものだった。

さっき川島に言われて試食してみたが、その味は絶妙だった。やはり、川島が天才的な料理人である事に間違いはない。

いま、2、3分に1回、川島とノブに向かってカメラのストロボが光る。ノブは、もちろんひどく緊張した表情。ほとんど喋らない。ただ頰を紅く染めている……。

「あの……」と小さな声がした。店の隅にいた僕は、ふり向いた。

ノブのおばさんがいた。地味なブラウスとスラックス姿だった。

彼女の名前は光枝（みつえ）という。2週間ほど前、ノブと僕は光枝おばさんにこの事を手紙で知らせてあったのだ。

いま、ノブの肩に片手で触れている川島。ノブがどこかへ逃げ出してしまわないように、その肩をそっと抱いているようにも見える。その二人は、相変わらず大勢の招待客たちに囲まれている。

光枝おばさんは、それを遠目に眺めている。そして、

「……まるで父親と娘みたい」と言った。やがて、

「この葉山で、あの子に、本当の家族ができたんだねぇ……」しみじみとつぶやいた。

僕はうなずいた。

「一段落したら、ノブに会ってやってよ」と言った。が、彼女は首を横に振った。

「あの子の元気な姿をひと目見たかっただけで、合わせる顔なんてないから……」と言った。そして、封筒を僕に差し出した。〈御祝儀〉と書かれた封筒だった。

「これはちょっと……」

と僕。だが、光枝おばさんは、

「……こんな事ぐらいしか、やってあげられなくて」と言い、封筒を無理やり僕に押しつけた。彼女のブラウスからは、かすかに防虫剤の匂いがした。やがて、僕はうなずいた。結局のところ、この人はひどく不器用なのだろうと思った。

「じゃ、後でノブに渡しておくから」と僕は言った。

「疲れたか？」僕はノブに訊いた。

オープニング・パーティーが終わった夜の11時。僕とノブは、店の二階にある寝室にいた。

二階はすべてノブのために作られている。ダイニングキッチン、バス、トイレ、寝室。すべてに、新しい木の香りが漂っている。

そして、寝室の隅にある机には通信教育のテキストが並んでいる。彼女は、去年の秋から高校の授業に相当する通信教育を受けはじめていた。

その勉強には僕も協力したが、ノブの学力の高さにはよく驚かされていた。

ワンピース姿のノブは、窓際に行った。出窓を大きく開いた。この出窓には、もちろん三角の切妻屋根がついている。

アンの物語に出てくる切妻屋根はグリーンに塗られていたが、この屋根はノブの希望で落ち着いたブルーに塗られている。屋根のブルーは、乳白色の外壁によく合っていた。

ノブは、物語の中のアンのように、窓際に腰かけた。

見下ろす庭の隅では、紫陽花(あじさい)が蕾(つぼみ)をつけている。雑草だらけだった庭には、ブルーベリーや楓(かえで)、モミの木など、落ち着いた色調の樹々が植えられている。

視線を上げれば、港が見え、その先には相模湾の海……。いま満月が空にあり、海面は銀色の月明かりを照り返していた。

遠くには、江ノ島のシルエット。島のほぼ中心に建っている灯台が、10秒に1回またたいている。

開いた出窓からは、海からの微風が入ってくる。

そのとき、携帯電話の着信音……。近くに置いてあるノブのスマートフォンが鳴ったのだ。3日前に、ノブが生まれて初めて手にしたスマートフォン。それに、どうやらメールが着信したらしい。

「鳴った……」とノブ。スマートフォンを手にとった。が、まだ使い方がわからないらしく、とまどった表情。

「これ、どうしたら……」と口を半開きにしてつぶやいた。僕は、画面にタッチしてメールを開いてやった。


〈オーナー、パーティーはお疲れ様でした。

よく休んでね……。

川島アンドT〉

そのメールを、ノブと僕はじっと見つめた……。〈アンドT〉は敏夫だろう。

「かっこつけやがって……」と僕は苦笑い。

「オーナーって、わたしのこと？」とノブ。

「そうさ、ここはノブの店なんだから」僕はうなずきながら言った。

「まだ、信じられない……わたしにこんな事が起きたなんて……」とノブ。出窓から海を眺め、鼻にかかった声で言った。

僕はふと、敏夫の言葉を思い出す。

〈17年前の7月7日、彼女が生まれたときからはじまった奇跡〉

それをノブ本人に伝えようと思ったが、結局は口に出さなかった。

彼女を囲む僕らがこの胸にしまっておいた方が、その言葉が永遠に輝き続けるような気がしていた。

同時に思っていた。たとえ戦場のように荒涼とした僕らの世界でも、このような奇跡が起きる事があるのだと……。

僕は、そっとノブの肩を抱いた。彼女は、じっと月明かりの海を見つめている。

その頬は、涙で濡れていた。この数カ月、胸に抱いていたさまざまな想いが、一気にあふれ出たのだろうか……。

いつか彼女が言っていた。

〈泣きたくなったら、海が見えるところに行くの。泣いてもいいよって海が言ってくれてるような気がするから……〉その言葉を、僕は思い出していた。

海に向かって涙する事の多かったノブの17年間……。そんな彼女にとって、いまの涙は初めて流す心からの嬉し涙なのかもしれないと思った。

「そう言えば、おばさん、来てくれなかった……」とノブがつぶやいた。

僕はうなずき、ポケットからリボンをとり出した。

青いリボンに、白い水玉模様がある。

それは、さっき光枝おばさんから封筒と一緒にそっと渡されたものだ。

ノブが小学生で髪が長かった頃、まとめた髪に結んでいたものだという。彼女がまだ無邪気で笑顔が絶えなかったその頃に……。

「これって……」とノブ。そのリボンを見つめている。どうやら思い出しはじめたようだ。

「これについては、ちょっと説明する必要があって……」僕は言いながら、ノブのポニー・テールにそのリボンを結んでやった。

急いで話す必要はない。いまの僕らには、いくらでも時間があるのだから……。

そして、僕はノブの肩を抱いた。その僕の手に、彼女の手が重ねられた。

「今日も、朝まで一緒だよね……」

相変わらず鼻にかかった涙声で、ノブが言った。僕は、うなずいた。

同じフトンやベッドで寝た翌日の明け方……。淡い明るさの中で、僕の胸にもたれているノブの寝顔を見るのが好きだ。濃いまつ毛と、陽灼けした頬……。唇を少し開いたそのあどけない寝顔を眺めるのが……。

そして、かすかに潮の香りがする彼女のほっそりとした肩に、そっと口づけをする……。祈りにも似たその一瞬……。

僕はいま、彼女の肩を抱く手に力を込めた。

海からの風が吹き、ノブのポニー・テールに結ばれた青いリボンがふわりと揺れた。

海風の中には、すでに熱い陽射しの気配が感じられた。

また、夏がくる……。

あとがき

その午後、僕は葉山の海岸通りを歩いていた。

やがて森戸(もりと)橋にさしかかった。川幅10メートルほどの森戸川。そこに小さな橋がかかっている。僕は橋の上から川面(かわも)を眺めた。

初夏の陽射しが水面(みなも)に揺れ、泳いでいる魚たちが見えた。15センチほどのボラの幼魚が群れで泳いでいる。そして、黒鯛(くろだい)の幼魚も2、3匹泳いでいた。

ここで疑問を持った方がいるかもしれない。川なのに、なぜ黒鯛などがいるのかと……。

森戸川が森戸の海につながるこのあたりは、〈汽水域〉と呼ばれ、淡水と海水が入り混じった水域。だから、海の魚であるボラや黒鯛の幼魚が泳いでいる。

〈汽水域〉……。川とも言えるし、海とも言える、入り混じりの不思議な場所……。

最近、僕はよく〈人生の中での汽水域〉という事を考える。

たとえば、15歳から18歳あたりのティーンエイジ・ガール。

あどけない少女の部分を残しながらも、女性になりつつある自分にも気づく……まるで汽水域のような入り混じりの年頃……（これは少年でも同じだけれど……）。

そこには、さまざまな生き辛さがつきまとう。

もてあます体の成長。恋や性へのとまどい。そして、見えない明日への不安……。不格好だったり、みっともなかったり、ぎこちなく恥をかいてしまったり……の、しょっぱくホロ苦い季節を人は通り過ぎていく。

あとあと振り返れば、あれは二度と戻れない輝きの瞬間だったと気づくのかもしれないけれど……。

そんな〈汽水域の年頃〉だけが放つ一瞬の光が、いまの僕にとって魅力があり、小説として書くに値すると感じられてならない。やはり、過ぎた日は美しい……。

その思いを込めて書いた前作『夏だけが知っている』は、内気で不器用でコンプレックスだらけの少女が、涙の日々をこえて、心からの幸せをつかむ恋物語だった。

（癌で闘病していた母が他界してから初めて書いた作品だった）

そんな事もあり、死の対極にある生と人生の美しさについて、真摯に考えながら書いたものだ。あれを書いて、僕はひとつの河を渡ったと思う。

そして今回の作品……。7月7日、七夕の日に生まれた少女が、熱い恋に落ちた事で、背負った十字架のようなトラウマを克服し、喪失した真の自分を取り戻していくラヴ・ストーリーだ。

舞台は、夏の陽射しがあふれる湘南・葉山……。潮の香り、夏草の匂い、そして恋する肌の熱さを、これまでより濃密に書き込んでみた。この香りたちが、海岸町を吹く風とともに読者のあなたに届けば幸いだと思う。

書き終えたいま、行く手に、また新しい水平線が見えたような気がしている。


この作品を完成させるにあたっては、KADOKAWAの角川文庫編集部・光森優子さんとのダブルスだった事を記して感謝します。

縁あってこの作品を手にしてくれた読者の方々には、ありがとう！　また会えるときまで、少しだけグッドバイです。


夏空が遠ざかっていく葉山で　　喜　多　嶋　隆

★長年続けてきた僕のファン・クラブは現在、フェイスブック上の〈喜多嶋組〉として展開しています。

★お知らせ

僕の作家キャリアも39年をこえ、出版部数が累計５００万部を突破することができました。そんなこともあり、この10年ほど、〈作家になりたい〉〈一生に一冊でも本を出したい〉という方からの相談がきたり、書いた原稿を送られてくることが増えました。

その数があまりに多いので、それぞれに対応できません。が、そのことが気にかかっていました。そんなとき、ある人から〈それなら、文章教室をやってみてもいいのでは〉と言われ、なるほどと思いました。少し考えましたが、ものを書きたい方々のためになるならと思い、誰でも参加できる〈もの書き講座〉をはじめました。

講座がはじまって約４年になりますが、大手出版社から本が刊行され話題になっている受講生の方もいます。作品コンテストで受賞した方も複数います。なごやかな雰囲気でやっていますから、気軽にのぞいてみてください（体験受講あります）。

喜多嶋隆の『もの書き講座』

（主宰）喜多嶋隆ファン・クラブ
（事務局）井上プランニング
（案内ホームページ）http://www007.upp.so-net.ne.jp/kitajima/〈喜多嶋隆のホームページ〉で検索できます
（Eメール）monoinfo@i-plan.bz
（FAX）042・399・3370
（電話）090・3049・0867（担当・井上）

※当然ながら、いただいたお名前、ご住所、メールアドレスなどは他の目的には使用いたしません。

本書は、書き下ろしです。

7月7日の奇跡

喜多嶋 隆

令和2年 10月25日　初版発行
令和6年 12月10日　再版発行

発行者●山下直久

発行●株式会社KADOKAWA
〒102-8177　東京都千代田区富士見2-13-3
電話　0570-002-301(ナビダイヤル)

角川文庫 22378

印刷所●株式会社KADOKAWA
製本所●株式会社KADOKAWA

表紙画●和田三造

ISBN 978-4-04-109976-6　C0193

◆◆◆

角川文庫発刊に際して

角川源義

第二次世界大戦の敗北は、軍事力の敗北であった以上に、私たちの若い文化力の敗退であった。私たちの文化が戦争に対して如何に無力であり、単なるあだ花に過ぎなかったかを、私たちは身を以て体験し痛感した。西洋近代文化の摂取にとって、明治以後八十年の歳月は決して短かすぎたとは言えない。にもかかわらず、近代文化の伝統を確立し、自由な批判と柔軟な良識に富む文化層として自らを形成することに私たちは失敗して来た。そしてこれは、各層への文化の普及滲透を任務とする出版人の責任でもあった。

一九四五年以来、私たちは再び振出しに戻り、第一歩から踏み出すことを余儀なくされた。これは大きな不幸ではあるが、反面、これまでの混沌・未熟・歪曲の中にあった我が国の文化に秩序と確たる基礎を齎らすためには絶好の機会でもある。角川書店は、このような祖国の文化的危機にあたり、微力をも顧みず再建の礎石たるべき抱負と決意とをもって出発したが、ここに創立以来の念願を果すべく角川文庫を発刊する。これまで刊行されたあらゆる全集叢書文庫類の長所と短所とを検討し、古今東西の不朽の典籍を、良心的編集のもとに、廉価に、そして書架にふさわしい美本として、多くのひとびとに提供しようとする。しかし私たちは徒らに百科全書的な知識のジレッタントを作ることを目的とせず、あくまで祖国の文化に秩序と再建への道を示し、この文庫を角川書店の栄ある事業として、今後永久に継続発展せしめ、学芸と教養との殿堂として大成せんことを期したい。多くの読書子の愛情ある忠言と支持とによって、この希望と抱負とを完遂せしめられんことを願う。

一九四九年五月三日